殷若衿

著

草木有情

跟着节气
寻人间清欢

人民文学出版社

图书在版编目（CIP）数据

草木有情：跟着节气寻人间清欢/殷若衿著. —北京：人民文学出版社，2023
ISBN 978-7-02-017181-1

Ⅰ.①草… Ⅱ.①殷… Ⅲ.①散文集—中国—当代 Ⅳ.①I267

中国版本图书馆 CIP 数据核字（2022）第 084153 号

责任编辑　陈彦瑾
装帧设计　李思安
责任印制　张　娜

出版发行　人民文学出版社
社　　址　北京市朝内大街 166 号
邮政编码　100705

印　　刷　北京盛通印刷股份有限公司
经　　销　全国新华书店等

字　　数　190 千字
开　　本　880 毫米×1230 毫米　1/32
印　　张　8.5　插页5
印　　数　1—10000
版　　次　2023 年 5 月北京第 1 版
印　　次　2023 年 5 月第 1 次印刷

书　　号　978-7-02-017181-1
定　　价　68.00 元

如有印装质量问题，请与本社图书销售中心调换。电话：010-65233595

序

草木有情，人间清欢

中国是农耕文明历史悠久的国家，或许因此，人们和植物建立了天然、深厚的情感关系，植物的气质早已融入中国人的性情骨子里。

有人说，相比源自海洋文明和草原文明的西方民族，中国人的性情里更多"植物性"。这点差异，尤其在逛西方的美术馆时，感受明显。中国人的书画，运用松枝燃烧取烟制成的墨汁，在用植物纤维制造的纸张上书写、描绘，一笔下去，氤氲满纸，笔墨所至，变化含蓄而气韵生动，充满自然与生命的力量。直到装裱完成，中国书画的绝大部分用材，都有着温润柔软之美，就像自然界里大多数柔韧的草木般。

中国人对于植物的亲近感，还反映在对木材的大量日常运用上，建筑如此，家具也如此。紫檀、黄花梨、红木、榉木、楠木等木材的质地肌理、性能利用以及日用生活的方方面面，无不体现人与植物气韵审美上的种种契合。与西方人用羊皮书写，用油彩、刮刀在布面绘画，用石头建造房屋相比，整体折射出不同文明的性情和审美。

中国人追求的最高生命境界，是同于天地大化，合于至道，自强不息，止于至善。这也类似植物，天地间，四季里，根植土地，顺应自然，开花结果，生生不息。中国人爱用植物来比喻人的精神与人格，不论先秦时期的《诗经》《楚辞》里"纫秋兰以为佩"的屈子，采菊东篱下的陶潜，还是整理编写《本草纲目》的李时珍，甚至书画上的"四君子""岁寒三友"，等等，都彰显着人与草木的亲密关系。中国人的文字世界、情感关系也如自然界，草木扶疏，众生有情。

我也是从小就热爱植物的人，自从七年前在大理建成竹庵，已在庭院里种植了不下百种花草树木。上个月《读库》设计总监艾莉来访，特意仔仔细细巡看了一遍我的植物们，在她眼里，这些都是必须一一问候的朋友。我给她看新画的竹，说到从苍山上移栽的小野竹是我最好的绘画老师时，我们会心一笑。植物就这样把人和人、人和艺术自然和谐地连接在一起，成为中国人性格中独特的情感密码。

这本书的作者殷若衿女士也是如此。去年春天她来访竹庵，我们和她同游了洱海、沙溪石宝山与茈碧湖畔的古梨园。本书关于大叶榕、松和梨花的三篇文字，便是此行所得。她有着过人的精力，有着对于文化艺术饱满的热情和对东方美学孜孜以求的愿力，还有女性对植物独有的爱与慈。她喜欢在手机里用文字随手做记录，当时也不觉特别。前不久她发来这些文字汇成的《草木有情》书稿嘱我写序，才发现，在她日常记录的那些看似平淡的文字背后，藏着一双敏锐细腻的文化之眼，以及她对生活饱满的热情，和对自然之美的拳拳热爱。

彼时和她聊过我对草木的观察。作为中国画的实践者，我更多在自然里去细细感受草木的形、势、意、韵、神。通过这样的次第，去生发与草木的共情，修炼自己的绘画语言，画出自己想要表达的情绪与动人处。十几年前我在《我与画》一文的结尾处，曾经这样感叹道："人与画，其成就不论高低，我想，到最后，都应该像山间淙淙的溪流，自在至真，自有源头活水，又似一棵树——苍虬劲挺，孑然潇洒，谈笑在日月山川里。"

这便是我从草木上获得的一点启发与力量吧。而读殷若衿写的关于草木的文字，既能读到写作者的生命自觉，也能读出画者的审美视角，还有行者般的追寻草木之美的愿力，以及同为草木之友的诸多共鸣。她真是一个热爱生活的人，一个对东方美学充满信心的人，一个喜欢和草木交朋友的人，她那些赋予草木文化生命和美学力量的文字，反过来也滋养着她充实而美好的生命。

愿大家在越来越物化的时代里，能获得本书有情文字的滋养，能被这样描述草木世界的文字温暖，能被这样拥抱美和生活的作者感染，一起去亲近有情世界里的一草一木。

蒙中（竹庵）

壬寅年七月十八日于苍山之下万花溪畔

自序

　　我有在每一个新年来临之前，回顾过去一年照片的习惯。几年下来，我发觉，每年除了与小孩子、家人、友人在一起迸发的真情真意的闪光瞬间，最使我放松、愉快的，便是与花草在一起的独处时光。

　　比如，我在这一年爬过了早春苏州香雪海的梅花山，站在了初夏苏州艺圃的蔷薇花下，赏过了六月西湖的荷花，嗅到了八月灵隐寺法云村满谷的桂花香……每一个瞬间，都曾令我内心最柔软的部分被轻轻撞了一下。与四季流转的美好在一起，此人间清欢，令我内心最为富足喜悦。而这一年在人间获得了名与利上的多少成就，倒是其次了。

　　经年累月下来，已然在中国的土地上结交了许多"花朋树友"。有些花草树木仅为一面之缘，却依然生长在记忆里；有些则成为老朋友、旧相识，一年一度，一期一会，见证着彼此的成长，最后竟已相看如知己。

　　我喜欢与植物相处。它们最安静，从不多言。每当感到世界吵闹时，尤其觉出植物的美好。花木是延绵在时空里静穆的观察者，给我们示现空性的美。它们看过了千年沧海桑田，风云变幻。它们仿佛有灵觉，感知着时运，花开花落，时荣时枯。

　　我喜欢与植物相处。它们看似柔弱，实则比人类拥有更加坚强、坚定的力量。花开花落，看似无谓轮回，但在看不见的地方，根却扎得越来越深了。

我喜欢与植物相处，在一年一度与它们的相遇与重逢时，我由它们，观照自己的内心成长。

我喜欢寻访山林中的古老植物，因这个过程也使得我们与心慕手追却触摸不到的古人，产生了跨越时光的连接。许多赏花胜地，或缘起于旧时文人名士亲自手植花木，或为旧时幽人雅士赏花野游之地，他们留下的片段文字，引人无数神思。走过这些胜地，仿佛隔着时光与昔日文人墨客有了精神上的片刻重叠与交汇。与花会，也是与古人会，令独自前往的旅程丝毫不孤独。

把花草视如知己，也许是东方人特有的情怀。西方人多把花草视为无生命的装饰物，东方人则视花草为有情，为可以观照内心的知己。"兰之猗猗，扬扬其香。不采而佩，于兰何伤。""采菊东篱下，悠然见南山。"《诗经》《楚辞》唐诗、宋词，由植物而"兴"者比比皆是。到了宋代，文人更热衷以草木喻志，暗射人格。松、柏、竹、梅、兰、桂、水仙等，都被赋予文人君子的美好品性。

中国人崇尚"天人合一"思想，古人认为，天与地与人，本为一体，存在密不可分的关系，因此极其看重人与自然、与花草植物的连接。然而，当城市的轮廓慢慢向山林扩张，当人们慢慢从自然山野中走向钢筋水泥森林，当快速发展的现代化工业逐渐吞噬自然环境，人类与自然、与花草树木的关系，逐渐被割裂了。许多在城市丛林中过着朝九晚五快节奏日子的都市人，无从去关心，自然界中什么花儿在开、什么花儿在谢，田野间什么作物、山乡间什么水果可以端上盘子了。

十几年前，在我还是一个外企白领时，我也过了很长一段这样的日子，终日只挂心大大小小的会议提案、设计、策划……常常晚上十点走出写字楼，夜幕已四沉。那时，我对季节与自然的感觉是麻木的。直到有一天，我坐在出租车上奔赴客户公司，远远望见窗外公园里的桃花开得那样绚烂，我才发觉，也许我舍本逐末，错失了这个人间最美好的东西，错失了抵达我们内在最平静的融于天地自然的本心。

　　我相信对于本就属于大自然一部分的我们来说，草木，于我们人类是有着无私的疗愈力量的。我后来的人生经历中，无数次经过一段紧张高压繁冗的工作后身心俱疲时，于我最好的休息，便是独自一人走到山林里，与花草树木相对。当我将心温柔地托付给自然、给植物之后，元气，便慢慢恢复了，心灵，便被满满滋养了。于是更加可以理解，为什么中国文人世界会产生陶渊明、竹林七贤等隐士。朝夕与花草为友，放浪逍遥于山水间，那分明是最令身心畅达自在的人生境界。

　　可喜的是，"天人合一"思想不再仅仅是中国人古老朴素的世界观，最近西方艺术界也开始关注人与自然树木的密切关系。2021年夏由卡地亚当代艺术基金会策划的一场名为"树，树"的展览，呈现了艺术家、植物学家、哲学家对人与树木关系的审视。他们发现树木拥有感官力、沟通力、记忆发展能力，与其他物种共生的能力，以及对气候的影响力，等等。其中一位植物学家说："我猜想，也许我们与树木的初始关系中，美学的成分高于科学。与一棵美丽之树的相遇妙不可言。"另一位植物神经生物学家说："总体来说，即使没有我们，植物也完全可以独自生存。相反地，我们人类离开树木，将很快灭绝。"这些发现使得"植物智慧"的迷人假说变为可能，让人们重新将树木视为在地球上共同生存的真正伙伴。在我去年走访过中国江南与北方许多古树，完成《草木有情》初稿后，似乎由此更加感应到与海外许多植物热爱者的共鸣。

　　只有当我们把草木看作"有情"，看作我们的朋友，学会温柔地对待它们、善待它们，地球才会变得更美好。这一观念，对于今时我们如何与自然和谐相处，对于自然生态的保护、地球的可持续发展，都有着特别的意义。

　　十几年前，我开始关注树木、关注花草，学习中医和易学，从中国的哲学观认知草木，画它们，写它们。2019年出版的《草木有趣》这本书，便记录了我对二十四节气中花草果蔬的感受，希望能借此唤醒与曾经的我同样对自然很麻木的都市人，那颗与自然草木亲密连接的本心。

如今这一本新作《草木有情》，则是更加深入一步走进草木的有情世界，不仅仅是把花草树木看作"无情的"可以观赏的花木，可以食用的蔬果，可以运用为"手作"的自然原料，更是把它们看作"有情的"可以照见心灵的朋友，可以疗愈我们的老师，可以令我们安心倚靠的力量。因此我把自己几年来探访花木朋友的游历过程，依二十四节气时序编撰成集，希望对看这本书的你有所启发，有所触动。当我们以真情对待有情草木，当我们真正学会与之和谐相处，我们身处的世界会变得更加美好。

愿与你们一同开启也许尘封已久的心门，去感知——草木有情世界。

目录

立春

立春是中国太阳历一年的起点。从立春开始，天地万物开启了新一年二十四节气的轮回。这一天起，东风解冻，万物复苏。江南庭树飞花，百草回芽。万物焕发勃勃生机。

每年立春前后，江南的蜡梅与梅花，像是报春的花信，在山野、在园林中疏影横斜，暗香浮动。我也便脚痒，开始踏上一年一度探梅、赏梅的旅程。倘若有雪，便是踏雪寻梅，无雪，便是梅海探梅，各有趣致，不同的是年复一年立于梅花下的心境。

踏雪寻梅

《踏雪寻梅》是我儿时很喜欢的一首刘雪庵作词的歌曲：

雪霁天晴朗，
蜡梅处处香，
骑驴灞桥过，
铃儿响叮当。
响叮当，
响叮当，
响叮当，
响叮当。
好花采得瓶供养，
伴我书声琴韵，
共度好时光。

在我童年时代，这样简短的几句歌词，竟也给了我最早的中国古典美学启蒙。踏雪寻梅，多么俏皮，多么雅致的生活。同样是雪天里响彻山野的叮当铃声，在西方，就是圣诞歌曲《铃儿响叮当》这般明晃晃的欢快了，而中国古典文化里多了一分安静，一分意境，一分含蓄的小欢喜，一份让你去"寻"的理由。这便是中西方美学的差异吧。

梅与雪，是好朋友。宋代卢梅坡的《雪梅》诗有言："有梅无雪不精神，有雪无诗俗了人。薄暮（一作"日暮"）诗成天又雪，与梅并作十分春。"古人赏梅，最高境界在于和着雪和诗，在于"探"，在于"寻"。那么，这就可得老天赐脸儿，才有幸得见，要在梅花感知暖意盛放后，赐一场恰如其分的雪——不能太厚重也不能太轻薄，厚重会压落花瓣，轻薄则留不住，唯有不厚不薄，如晶莹的粉霜一样轻轻压在梅花上才好。

回想近三四年，我得以在江南踏雪寻梅，也不过一二回。

丁酉年江南的初雪，是在 2018 年 1 月 20 日大寒这天。我正在花市买蜡梅，忽见一粒小小白点子正沾在我的衣襟上，仔细端详好久，没错，花瓣，六出，是下雪了呀。随后朋友圈一片雀跃：下雪了，下雪了。第二天，大雪纷飞下了一整天，入夜，我戴上风雪帽，裹上厚棉服，穿上雪地靴，喀嚓喀嚓踩着厚厚积雪走进风雪里踏雪寻梅——小区百来米外的几株蜡梅，远远看着，在灯火下开成了一片缃黄色的云霞。站在花前，在灯光下被雪片与花香幸福地包裹着，那蜡梅头上盖着一层积雪，格外清冷精神，香气也陡然更幽清了。

戊戌年江南的初雪，刚刚好下在 2018 年 12 月 7 日大雪节气当天。雪越下越大，有点收不住的感觉，我按捺不住，两天跑遍苏杭。在苏州艺圃庭院里看雪花簌簌落下；在杭州看到的雪西湖，则正是张岱笔下描绘的："湖中人鸟声俱绝……雾淞沆砀，天与云与山与水，上下一白。湖上影子，惟长堤一痕、湖心亭一点，与余舟一芥、舟中人两三粒而已。"穿着夹棉长衫在风雪里走了一遭，后知后觉才想到，那次大雪竟没能偶遇一株梅花，顿觉少点染了一分精气神似的，不免平添几分遗憾。

己亥年一整年，江南没有下能攒得住可供观赏的大雪。

庚子年江南的初雪，下在 2020 年 12 月 7 日大雪节气当天。雪在城市里落地即融，山里的友人们却饱饱地看了一场如宋画一般绝尘寂静的山中雪景图。想去山中看雪，最终只是端着咖啡在朋友圈赏雪。过了些日子，又一场大雪纷纷然洒落江南大地时，我再也按捺不住了，披上大衣，

○踏雪寻梅

踏上雪地靴，坐上动车，直奔山中去。

前日的雪已住，天朗气清，站在南京栖霞山栖霞寺前，眼望着阳光所及之处，冰雪早已消融，阳光照不到的屋檐上、墙根前，冰雪犹残留一垛两垛。方丈室前角落一树蜡梅开得正好——无雪，少了几分精神抖擞的颜色。

吃罢一碗素斋面，我信步向栖霞山上攀登去。穿林打叶，健步徐行，果不其然，走到将至半山腰，便已置身于林的海、雪的原中央了。山路雪地上的足印渐渐减少，直至逐渐消失，在这片被雪覆盖的莽苍山林中，只听得到自己嚓嚓嚓踏雪的脚步声，如入无人之境，寂静极了，清净极了。

待到攀上卧云亭，转而翻过山脊，走上一处朱红栏杆木栈道，又见一处绝妙佳境——栈道旁满树的雪挂如漫山的梨花，风吹过，有"梨花瓣"簌簌而下，正是"忽如一夜春风来，千树万树梨花开"。好一个粉妆玉裹的世界！唯一遗憾的是，那"梨花"是不香的，少了几分生气。

山路边，随处可见雪挂在竹叶上、松针上的风姿。雪松、雪竹，岁寒三友唯少了蜡梅的风姿。可这万木萧索的雪国山间，哪里去找蜡梅的踪迹呢？

穿过枫岭，走到小营盘，顺着石阶古道一路向下，峰回路转，忽然在一处被大雪覆盖的山林溪水旁的悬崖路边上，嗅到明明暗暗若有似无的蜡梅花香。我信步顺着花香觅去，穿过一片猗猗翠竹，眼前出现一座名曰"试茶亭"的凉亭，而凉亭外的琉璃世界里，端端整整站着一株蜡梅、一株山茶——顿感雀喜，不但有蜡梅，还携着它的岁寒花友并排等着你来呢！

围着蜡梅与山茶我目不转睛地看，那雪中傲立的蜡梅，花瓣色如蜜蜡，油黄剔透，雪块压在蜡梅花瓣上，更显清丽，沁人心脾的香气一层层压过来。有的雪化得早，未来得及流淌，又被冷空气凝固，像是挂在蜡梅树上的琉璃，好一个蜡梅香气笼罩的琉璃世界！

南宋曾慥论"花十友"，把蜡梅比作"奇友"，姚伯声把蜡梅比作"寒

○雪中蜡梅

客"。如今在栖霞山大雪中的邂逅，真的如遇见山中隐逸的"奇友"与"寒客"一般。雪中绽放的花朵，有种格外坚韧的生命力。这对于生在冬季下雪天的我，别有触动——越是生在严寒雪日，越是要顽强生存，绽放生命，有一分与寒冷冰雪共舞的清奇与洒脱。

我围着那蜡梅树和山茶花转了好几圈，又在亭子里小坐了好一会儿，细细感受被蜡梅花香熏染过的略冷感的清新空气。一次旅行中总有一个地方的情境最能触动心扉，对我来说，便是雪后的栖霞山中，邂逅了这一树蜡梅的试茶亭了。只遗憾此次旅行竟没有带上茶器，不然在试茶亭蜡梅香气中用小炭炉烧滚一壶热茶，与蜡梅相对，清饮一杯，于这样寒冷的雪日是多么快意的事。

亭子后的山泉背后，苍黛斑驳的山崖石壁上，镌刻着六个隶体大字"试茶亭白乳泉"，古朴拙劲。忽然意识到，此处典故不同寻常。试茶亭——试茶人是谁？试的，又是什么茶？我查阅资料，格外惊喜，试茶人不是别人，正是茶历史中大名鼎鼎的茶圣陆羽。唐代宗大历年间，品遍各地名泉名茶的陆羽，专程到栖霞山啜茶品泉。唐代诗人皇甫冉还留下一首名为《送陆鸿渐栖霞寺采茶》的诗。原来，那时栖霞山盛产野参、当归、首乌、茯苓、甘草等中草药，有滋养摄生功效，故名"摄山"，而摄山产的茶，据记载，是由印度高僧引入的，味浓耐泡，先苦后甜，后人戏称为"苦茶"。令陆羽饶有兴味的不仅仅是摄山茶，那山泉水也是烹茶的好原料。神隐栖霞山的日子里，陆羽白天上山采茶，夜晚与高僧品茗，有时采茶至夜晚，就干脆寄住在山里的农家。后在栖霞寺，陆羽完成了《茶经》的部分初稿。此后，山里的僧人便在陆羽试茶处造了一座笠亭以示纪念，名为试茶亭，并刻下了摩崖石壁。咸丰年间试茶亭几经兴废后再度被毁，不复存在。所幸，饱经风雨的摩崖石刻仍完好地保留下来。而今日我所见的红柱四角试茶亭已是后人复建的了。

青山犹在，崖壁仍存，只那白乳泉、摄山茶的滋味恐怕再难以复见。只有崖壁外的蜡梅与山茶兀自在雪日吐芳露艳，竟也令这留下茶圣足迹与清魂的妙地不寂寞。

那么此次误打误撞的踏雪寻梅行迹，竟然像是应了陆羽的仙灵感召，不但探到了雪中蜡梅，也探到了心慕手追的唐代幽士。

想想看，这似乎也是三四年间，最圆满的一次踏雪寻梅经历了。

[蜡梅窨茶]

冬日蜡梅盛放，香气怡人。此时可以蜡梅窨茶，将蜡梅花香留存在茶叶中，与茶香融合。蜡梅不拘品种，选含苞欲放的花苞为好；茶，也可随自己喜好，乌龙、普洱、白茶、红茶皆妙。

取一只罐子，一层茶一层花铺满整只罐子，存放几日，再把蜡梅挑出来，将茶叶放在炭炉上稍稍焙干，以小罐子储存即可。

香
雪
海

"遥知不是雪，为有暗香来。"中国人把洁白的梅花比作"香雪"，再有风致不过。倘若如此香雪汇集成大海，便是"香雪海"了。可以想见，是何等妙境？

这样的香雪海，中国的土地上应当并不少见，然而被立了碑，记于书，被皇帝驻足钦定过的，只有一处，那便是苏州光福邓尉的香雪海。

我第一次去香雪海赏梅，是戊戌年春日。那会儿，苏州博物馆刚巧在举行"梅竹双清"主题展，真是应景！到了苏州，我先驱车到苏博观展。见到清代王礼、胡远两幅《邓尉锄梅图卷》，画卷开篇是姑苏城昔日繁华街景，店铺鳞次栉比，酒楼歌馆语喧。随着脚步继续前行，见画里城郭止于田野与湖泊，换为一派江南田园风光，田野上，有三三两两游春放纸鸢的游人。随着画卷的延展继续前行，才见那田野尽头，地平线堆起几座小山丘，山腰间，山脚下，成片的，尽是开得云蒸霞蔚般的梅花，梅花间游人如织，忙煞看花人，这便是香雪海了。一卷画卷看完，人仿佛先钻入了画里，已经穿越时空，随清代文人雅客的车马游览了一趟旧时的香雪海。

走出苏州博物馆，我搭上出租车，向香雪海而去。车窗外像放小电影，变换着无数风景。先是城市里的钢筋水泥森林，慢慢转换为城乡结合处伫立在田间稀稀拉拉的火柴盒房子。渐渐地，房子越来越稀落，转换为一片田园风光，待到视线里出现远山的轮廓，人群密集了起来，路边有

○香雪海

三三两两卖梅花的小摊贩——香雪海便到了。这个过程，好像是把早上看过的古画卷重新走了一遍。

爬上小山，伫立梅花亭，向山下回望，那景致令我不由看呆了……远处春山寂寂，山前粉墙黛瓦片片，一树一树雪白的、粉红的梅花，在一片新绿中，格外明润清丽。这风景那么熟悉，无数次出现在唐人的诗词里，也无数次出现在中国人唤为"江南"的梦里。

梅花亭旁乾隆的题字碑文，已经被岁月洗刷得辨不清字迹。转眼看亭外，一丛红梅与一丛翠竹相映成趣，各自清雅，不正是早上看过的展览的名字——"梅竹双清"吗。

再顺着山路向上攀爬，不一会儿就爬上了小山顶，站在观梅亭上，向东远眺，可见梅树掩映下，山岚云烟间，群山环抱的一汪太湖水。

此后，每一年我几乎都会到邓尉香雪海看梅花，经年累月，那山间、田间的梅树，便像老花友一样。我每过去一年，经验和觉悟都会长进一些，而那些梅树，想必根扎进泥土里也更深一些，枝干在天空中也更舒展一些。在人与花各自生命里的某一时刻，我们照见了彼此的成长。

而一处古已有之的赏花胜地，最妙之处便是，与你产生情感连接的，不仅仅是眼前的婆娑花影，还有在不同时光中徜徉在这块土地、这片梅林间的影影幢幢的赏花人。

光福的梅，可追溯到秦末汉初。宋代淳祐年间，高士查莘在山坞大种梅树，后来山中人就都以种梅为业。到了明清年间，"邓尉探梅"已成为姑苏岁时风俗，每至花时，访春探花者络绎不绝。康熙年间，巡抚大臣宋荦游于邓尉梅花中，见那梅田花海暗香浮动，如雪似霞，雅兴勃发，在山崖上题了"香雪海"三个大字，并写下"望去茫茫香雪海，吾家山畔好题名"的诗句。从此以后，香雪海便名扬四海。康熙帝六次南巡，曾数度在香雪海驻跸。乾隆帝也六下邓尉探梅，题碑作诗。历史上曾立下五块乾隆光福探梅的诗碑，四块消弭于历史尘芥，仅存一块。

公元1784那一年乾隆巡江南，恭迎圣驾的人影中有一对父子，那位年轻人，便是日后写下《浮生六记》的沈复。他在《浮生六记》第四卷中记述了游览香雪海时所见盛景："花开数十里，一望如积雪。"

民国年间，国画大师吴昌硕来过，写下"十年不到香雪海，梅花忆我我忆梅"的诗句。周瘦鹃也来过两次，留下诗句："邓尉梅花锦作堆，千枝万朵满山隈。几时修得山中住，朝夕吹香嚼蕊来。"而他相隔二十年时光两次探访香雪海的经历，正成为香雪海的梅花海湮灭于历史的见证。二十年前，"不但见本山上全是梅花，就是望到远处也一片雪白，真不愧为香雪海了"；二十年后，"山上连一株梅树都没有了。梅花亭也残破"，唯有"香雪海一碑尚在山麓"。怪道如今在香雪海可见的奇趣古梅并不多。如今我们所见的梅花，是近几十年来补种的了。

有清代王礼、胡远《邓尉锄梅图卷》的古画卷开篇，有宋荦、沈复、吴昌硕、周瘦鹃的诗句题记，才使得我每年于眼前展开的真实香雪海画卷，更有趣致、更立体，也更加自洽地沉浸于历史文脉的草蛇灰线之中，令每一次的香雪海之行，终不寂寞。

[梅花粥]

宋代林洪《山家清供》中记录了一道"梅花粥"："扫落梅英净洗，用雪水煮白粥，候熟入英同煮。"

收集梅花上的雪融化成水，滤去杂质，用来煮粥。待粥即将煮熟时，加入梅花，再烧滚后即可盛出。梅花粥不但助雅思，还有疏肝理气之功效，适宜春日饮食。

梅花冢

谷崎润一郎在《细雪》中说："樱花若不是京都的，看了也和不看一样。"

我似乎也是内心中有这样一分偏执的人。什么花，向何处去看，都有自己心中的一份清单。谁要在上海的钢筋水泥森林里赏梅、赏樱、赏杏花呢？

也许对于抱持着一份传统文心的中国人来说，好风景从来不是纯粹的山水与草木，而总是借此追忆着什么，心慕着什么，抒发着什么。

这也恰恰印证了，为什么西湖孤山放鹤亭的梅花孤冢，成为我几度赏梅行迹中最喜爱的秘境。

山不连陵曰孤，孤山名字由此而来。我抵达西湖已近黄昏，走在白堤上，远望见孤山伫立在逐渐暗淡的早春烟水里，确有一番孤清之意。沿着孤山北岸走上百来米，望见山麓一座向湖的凉亭，这便是放鹤亭了。走上石阶，但见放鹤亭右侧一棵梅树前有一段白墙，一扇门，几扇窗。信步钻进拱门，顿觉进入古意洇洇的场域，空气中夹杂着梅花与青苔的幽湿气息。一座布满青苔的圆丘陵墓，正匍匐在山体上、陵墓边，间有红梅花的蓓蕾初绽。凑近看陵墓前的立碑，正是林逋林和靖之墓。墓园里空无一人，只有我对着墓碑伫立，好似跨越了时空与林处士相对，内心格外安详。

北宋林逋，终身不仕不娶，没有子嗣，唯独喜爱种植梅花，豢养仙鹤。他隐居孤山，自称"以梅为妻，以鹤为子"，人称"梅妻鹤子"。宋仁宗

○梅花祭

赐号"和靖处士"。张岱在《西湖梦寻》中描绘，林逋在孤山养的两只仙鹤，平日就关在樊笼里。有时在西湖上泛舟，到湖中寺庙与僧人谈经论艺，碰到有客人来拜访，童子便开樊放鹤，仙鹤纵入云霄，盘旋许久。林逋见了，便乘舟回返——原来那仙鹤飞起，是"有客至"的信号。

多么美的意境！多么会生活的一个人，为我们今人所遥不能及。你看林逋，虽选择隐逸，但与山水，与动物，与自然，仍保持着至亲至密的连接。山水，选择了西湖孤山这山水盈盈的妙境；生灵，选择了动物中最有仙灵气儿的仙鹤；草木，选择了最清洁高雅的梅花长年为伴。而他并非没有人间情味，与人类的距离，也保持得恰到好处，西湖上泛舟十几里，便有和他谈经论道的僧人，天空中飞旋的仙鹤，便能带来三两挚交知己，"谈笑有鸿儒，往来无白丁"。一座湖，一座山，两只鹤，几树梅，我想，中国历史上真的没有比这幅画面更有诗意的隐居生活了。

斯人已驾鹤仙游，空留一座孤冢。而这座坟墓，在后世也是命运多舛的。宋室南渡，杭州变成了国都。皇室下令在孤山上修建皇家寺庙，山上原有的宅田墓地等均被勒令迁出，也许是出于对处士的景仰之情，林逋的坟墓却被保留了下来。到了元代，林逋的坟墓就不那么幸运了，杨琏真伽掘开了林逋墓，以为会有金银财宝可盗取，然而令他失望的是，那墓地里随葬的，只有一方端砚、一支玉簪而已。明成化十年，郡守李端重新修复了林逋墓，于是才留下了可供我们历代后人凭吊的陵墓。

我拾起一朵落梅，献在和靖处士墓碑前，双手合十礼拜。我想，如果林和靖处士在天有灵，我会向他说些什么呢？

我大概会说：晚辈殷若衿，敬仰和靖处士数年，今日特来拜谒。在行笔拙作《草木有趣》时，便记述处士昔年雅事，神往极了，思慕极了。不知有多感激历史上有如此雅士，留下如此诗意栖居的生活妙境供我们后辈所瞻仰。否则，在西方文明传播为主流的现代世界，我们该如何在历史中自洽，该如何确信古人中即着着印证我们内心最平和、最宁静的美的存在？处士有所不知，您抚慰了多少后生孤独迷茫的魂灵。

唯愿，林处士在天亦有仙鹤与梅花相伴，乐天逍遥，欢喜自在。

[梅花酒]

古人好以佳酿酬知己。梅花盛开时节，可以做一瓶梅花酒，待雪日梅花盛放时与友人畅饮至微醺，追月怀远。梅花酒亦有活血化瘀、和畅气血之功效。

采摘新鲜梅花，以清水洗净，沥干，在通风处晾一晚。第二日将冰糖碾碎，以冰糖渍梅花两天两夜。将糖渍过的梅花倒入白酒，加入冰糖，密封，六个月后即可开瓶饮用。

超
山
访
梅

　　尝闻中国如今现存有五大古梅——楚梅、晋梅、隋梅、唐梅、宋梅。其中唯有国清寺的隋梅是有去拜访过的。于是便生起一个念头，不如在有生之年，也去拜谒一下另四处古梅老神仙吧。

　　五大古梅，杭州超山有其二——唐梅和宋梅。恰逢梅花盛开的时节，我便先来此处一瞻老梅树仙风。从东园入，北园出，沿着山麓，是一路蜿蜒曲折的石板探梅小径，石板路夹道，是如云似雪的白梅花树——有些风景，是五感合一，刹那灵动的，需要身临其境才能体会其妙处。阔石板路上，有梅瓣点点，需要格外小心你的鞋子不要把它们碾成泥。风起时，花雨飘零，落在你的肩膀、你的头上。风是香的。

　　行至大明堂外，远见一座四方凉亭，由四根方形石柱撑起亭盖，斜檐飞角，颇有宋韵。凉亭背后，有一株开得正热烈的蜡梅。走近细看，亭名为"宋梅亭"。想必那棵老宋梅就在十几步开外了。站在檐下，向宋梅亭正对的方向望去，果不其然，远远望见一方花坛上虬结着两棵残败的老梅桩。走近看去，合三四人抱的两棵老梅桩的皲裂纹理上生有苍苔，树桩外抽出几枝细枝——一棵树桩抽出的是红梅，一棵是白梅，各自只结出点点蓓蕾。"枯木逢春"，脑海里忽地浮现起这四个字，眼前的景象正是四字写照。老宋梅好像一对痴缠千年的梅树灵魂，对春风的一点回应不那么热烈，却也动了情。

　　那新发的点点蓓蕾，与粗壮虬结的老梅桩形成鲜明的对照，一新一老，

○宋梅　　　　　　　　　　　　　　　　　○唐梅

一生一灭。从来没有见过这样奇特的古梅花样貌！原来，最初的老梅树已枯死——当年的老梅花可是以六瓣称奇天下——新发的蓓蕾，是后来园丁们利用基因技术嫁接出的新梅，还以宋梅相待，令老梅树得以涅槃重生。

　　老宋梅据说是在南宋晚期种下的。那时塘栖曾有一座福王的庄园离宫。福王为南宋皇亲国戚，与自己的王妃詹玉珍相爱甚笃，两人在超山彼此遇见，二人都十分喜爱梅花，便在超山建立起寻梅小筑，每年超山梅花漫山遍野盛放的时节携手赏游，吟诗作对。好景不长，南宋王朝遭金兵铁蹄肆虐，福王被金兵掳去，王妃不甘被凌辱，投井自尽。其子因思念母亲，在超山建起报慈寺以示缅怀。1933年，报慈寺遭到焚毁，仅留下如今的浮香阁。南宋亡国后，塘栖福王庄园也随之衰败，庄园内名种古梅花被人悉数移至超山，种植于当时的报慈寺，也便是如今的大明堂浮香阁前梅林之中。到了民国初年，从塘栖移至超山的

○唐梅

古宋梅中，仅剩一株老梅，虽然树已干枯，须靠危石支撑身躯，却在民国年间依然花繁叶茂。这，便是我们如今眼前的老宋梅了。

见证了宋王朝灭亡的老宋梅，引起民国年间文人的共情。杭州超山老宋梅的花讯也不胫而走，引得那时代的文人竞相来访梅。1923年初春，八十高龄的吴昌硕携亲友来过，留下一副楹联："鸣鹤忽来耕，正香雪留春玉妃舞夜；潜龙何处去，有萝蔓挂月石虎唬秋。"吴昌硕老先生素来是爱梅花的，离世后把梅花遍野的超山作为长眠之地。宋梅亭上还镌刻着其他十几副楹联，为民国时代当地文人在此雅集后留下的。比较喜欢的一副对子是南向亭柱上，道光状元吴兴钮福保后人钮玳所写的隶书联："几度阅兴亡花开如旧，三生证因果子熟有时。"想起，民国时期的国花便是梅花。万花匿迹的冰雪时节，唯有梅花凌寒绽放，也许彻照了历经近代史上家国破灭、战乱频仍但依然保留清气顽强生存的中国文人的内心吧。

我在宋梅亭小坐良久，起身继续向前，走进大明堂的小庭院。迎面，

○超山访梅

一眼望见浮香阁下石头垒砌的花坛中一棵横瘦疏朗古白梅，好似硕大的盆景，正开着清雅洁白的梅花。一根次干已经枯死，另一根主干横向生长着。据说是唐梅，树桩竟比大明堂外的老宋梅更瘦削，更有生气，不免觉得有些蹊跷。此时的大明堂庭院里，梅花窗前，三三两两赏梅人，一只橘猫在梅树下打着哈欠，起身从庭院中踱步走过。

后来翻阅资料才得知，宋梅由宋代人栽种，是可查证的；但唐梅是否是"唐代梅花"，却有待考证。《林霁山全集》中有一段故事，说所谓唐梅，其实是宋代遗民义士唐珏所种的梅树。唐珏在宋亡后不满元朝统治，隐居不仕。后来，元朝统治者派西僧杨琏真伽将宋六陵全部掘毁，盗取宝物，尸骸狼藉，任其曝露。唐珏满腔义愤，渡江潜往绍兴六陵遗址，将骨骸一一捡拾，另行埋葬，在葬地四周栽植冬青树作为标记。唐珏的气节，极为当时的宋代遗民所推崇，便称他的住地为"唐栖"。后来人们在"唐"字边加了一个"土"旁，才成为今名。而唐珏在塘栖手植的梅树，也被称为"唐梅"。因为超山距离塘栖不远，又是唐珏常游之地，人们便把唐珏所种的梅树从塘栖镇移植到超山。后人不知其来由，便附会到唐代去了。

唐梅、宋梅见证着宋朝亡国那段悲怆的历史。和王朝一起湮灭于历史尘埃中的，还有福王与王妃两位爱梅人那段极少被人知晓和记起的往事。

雨水

雨水，正月中，天一生水。《月令七十二候集解》中说："东风既解冻，则散而为雨矣。"

"好雨知时节，当春乃发生。随风潜入夜，润物细无声。""天街小雨润如酥，草色遥看近却无。"这个时节的雨水，酥而润，轻而柔。江南细雨斜斜，春风脉脉，春兰吐蕊，绿柳如烟。

这个时节，园林里的山茶在春雨中格外清泠可人，而我最喜欢在这个时节漫步西湖，此时的柳色是最朦胧、最诗意、最孕育着春的希望的。

西湖二月柳

"春浅"，日语里，是形容立春后春意若有似无的日子。

春浅时节，是你可以站在西湖白堤上，念上一句南宋僧人志南的"沾衣欲湿杏花雨，吹面不寒杨柳风"，念上一句贺知章的"不知细叶谁裁出，二月春风似剪刀"的日子。

二月西湖的柳，只冒出点点鹅黄的芽头，那浅浅的绿，是"遥看近却无"的，只给白堤笼上淡淡的鹅黄色薄纱。而这层萌新的浅绿，却饱含着无限的生机，充满了希望，是为春的"生发之力"。

我听说许多地方是可以把柳芽儿采来做菜肴的，还可以和茶一起泡来饮用。我没有试过，只是在学中医时知晓，春天里是适宜多吃些草木的芽头的，以便汲取春天里的草木生发之气。而今看着西湖边垂柳上鼓胀的小小浅绿芽头，我对此说已深信不疑。

走在白堤上，仔细瞧每一棵柳树柳条的姿态，也是没有定势的，它们随着二月春风力度的强弱，或轻摆，或斜舞，或淡淡然垂落，却没有一个看上去呆板凝滞，每一根枝条的线条，都漾着几分活力，似乎是活泼泼的不同生动人物。

"往来屈伸，如风吹杨柳，天机动荡，活泼泼地毫无滞机。"每次看到风吹垂杨柳，便想起清人陈鑫这句话，便只想做一个"活泼泼地毫无滞机"的人。

再过两三个月，白堤便是桃红柳绿的胜日春景了。那时的柳叶儿会

○西湖二月柳

○西湖二月柳

完全舒展开来，柳絮也要漫天飘舞了。那便是"春城无处不飞花，寒食东风御柳斜"的景象了吧。

　　可我依然更爱西湖二月柳，也许因为那悄悄萌生的、若有似无的浅绿，如同"情不知所起"，如同"人生若只如初见"时，最珍贵的青涩、懵懂的真情吧。

　　[柳花枕]

　　　柳花又叫柳子，性凉柔软，可晒干后放入枕头做枕芯，有安神催眠之功效。

十八曼陀罗花馆

　　拙政园西花园有一座十分小巧精美的水边建筑，镶嵌着彩色玻璃窗。有趣的是，建筑南厅与北厅名字不同，南厅为"十八曼陀罗花馆"，北厅名"卅六鸳鸯馆"。名字中，十八与卅六成双倍，有数理相应之美；曼陀罗与鸳鸯相对照，有花鸟相应之趣。

　　游赏十八曼陀罗花馆最好的季节，莫过于早春。站在十八曼陀罗花馆厅中，透过彩色玻璃窗，看窗前山茶竞放，水上鸳鸯成双，你会想起民国年间范烟桥写的《月圆花好》中的小词："清浅池塘，鸳鸯戏水。红裳翠盖，并蒂莲开……这软风儿向着好花吹，柔情蜜意满人间。"

　　我便是在这样的季节，细雨中到访十八曼陀罗花馆。花馆前，一树红花瓣中镶着白斑纹的山茶开得正好。红白相间，犹如红颜皓齿，和着雨水，更显清丽。一位朋友见了照片说，此山茶的品种名为"花露珍"。漫步到后庭院，一株红山茶、一株粉山茶高高低低，错落有致地开着。

　　山茶虽美，却有些寥落，撑不起"十八曼陀罗花馆"的美名。不由得想，旧年园主人早春赏花时，该是怎样一番绚烂盛景。

　　山茶自古为文人所钟爱。宋人认为山茶明丽高贵不畏严寒。元人汤显祖酷爱白山茶，以"玉茗居"命名自己的书斋。曼陀罗是山茶花的别名，我最早还是看金庸先生的《天龙八部》知晓的。说起来，拙政园的落成和山茶花也有着不解的因缘。据清人翁方纲《跋拙政园记》记载，拙政园最初的主人王献臣，因为钟情山茶，才破土动工，造起了拙政园。古

○十八曼陀罗花馆

○十八曼陀罗花馆前的山茶

园曾经最负盛名的花景，便是名贵的宝珠山茶。清初陈相国得到拙政园时，有文字形容："内有宝珠山茶三四株，交柯合理，得势增高。每花时，巨丽鲜艳，纷披照瞩，为江南所仅见。"同时代诗人吴伟业在《咏拙政园山茶》中形容拙政园山茶之美："艳如天孙织云锦，赪如姹女烧丹砂。吐如珊瑚缀火齐，映如蟏蛛凌朝霞。……"明末四公子之一陈维崧也有诗云"潋滟交织映晚霞"。真是极尽奢美生僻之词汇，倒让人无法在脑海里轻易勾勒得出，那山茶花究竟是怎样的美艳绝伦的形象了。

　　后来，古园历尽沧桑，人去楼空，花落枝烂。到了清光绪年间，新的园主人张履谦修建起了卅六鸳鸯馆与十八曼陀罗花馆，馆内悬起状元陆润庠写的行楷额匾"十八曼陀罗花馆"，这便是今时我们所见的花馆了。

一种说法是，那时馆南厅前庭院，栽植多株名贵山茶花"十八学士"，故称十八曼陀罗花馆。"十八学士"，金庸武侠小说迷总不陌生，《天龙八部》里段誉向王夫人娓娓道来云南山茶的名品，其中便有它。此乃茶花中的极品，一株上共开放十八朵花，朵朵形状不同，颜色各异，红的便全红，紫的便全紫，同时盛放，同时凋谢。另一种说法是，园主人张履谦在后庭院种下山茶十八株，名东方亮、洋白、渥丹、西施舌等，并建此馆，以十八曼陀罗花馆名之。

今日我在雨中所见的"花露珍"等品种，已是后来人补植的了。明代宝珠山茶是怎样的潋滟如霞，清代的"十八学士"，或者十八种山茶，又是怎样地争芳斗妍，我们只能从旧诗词中遐想一二。

撑着油纸伞，再走回到十八曼陀罗花馆门前，细看那楹联，写着"迎春地暖花争坼，茂苑莺声雨后新"。情境倒是和是日的春雨相应。细细观赏那雨水中格外清丽的"花露珍"山茶，脚边石矶前戏水的鸳鸯，隔水相望的"与谁同坐轩"，漫天飘洒的细雨，落入池塘的涟漪，此时此地，此景此情，竟令我也不羡慕明清年代的旧风景。

这个真正与自己关联的当下，已值得珍重。

[山茶黄酒饮]

新鲜山茶花十克，切成细丝，备黄酒一百毫升。将黄酒煮沸后下入山茶花，待再次沸腾即可盛入酒碗。此酒有助活血化瘀。

惊蛰

惊蛰是二十四节气中的第三个节气，《月令七十二候集解》中说：「二月节……万物出乎震，震为雷，故曰惊蛰，是蛰虫惊而出走矣。」惊蛰代表仲春时节的到来。春雷乍动，阳气渐升，众蛰各潜骇，草木纵横舒，气温回暖，春雷乍动，雨水增多，万物生机盎然。

宋代范成大的《秦楼月》描述惊蛰：「浮云集。轻雷隐隐初惊蛰。初惊蛰。鹁鸠鸣怒，绿杨风急。」陆游在《春晴泛舟》中形容惊蛰：「雷动风行惊蛰户，天开地辟转鸿钧。」这些诗句都刻画了惊蛰时节人间、大地的风物变化。此时节，自然生物苏醒过来了，农人要开始耕作了，人们焕发精神，开始奋发图强了。

惊蛰时节，江南的第一茬白玉兰开了，但很快被风吹雨打，落下一片花瓣，然而春的意志在草木间越发坚强了，更加盛大的春花随后会开遍园林山野。此时在山林间行走，感受草木在春日里的生发之气，人不由得精神抖擞起来。

每逢惊蛰，我便想起昭明寺外的那棵大柳杉，柳杉下与禅师的对谈，以及那日的雷雨阵阵。雷声振聋发聩，唤醒了山林中的草木，也给予麻木迷茫的我们警醒与启迪。

雨中赏白玉兰

在微博上看到一句话："二月的春天都是假的，被骗盛开的花马上就被风吹雨打了。"底下有网友评论说："玉兰每年都被骗。"不禁哑然失笑。

越发觉得白玉兰就是个天真的"傻白甜"，嗅到点东风的气味就大大方方舒舒展展地开放了，而那晚开许多日子的紫玉兰和二乔玉兰，就瞻前顾后，心思缜密一些。

那天我下定决心冒着雨跑去苏州看白玉兰，不就是担心这些"傻白甜"被那一梭子风雨给打落了吗？

先是去到拙政园。撑着油纸伞走到玉兰堂花窗前，透过窗子，看向几乎永远紧锁大门的庭院里，几树白玉兰张开牙白色花瓣在细雨中宁静地盛开着。我喜欢这个"窥视"的角度，也许是因为这里隔绝了一墙之外熙熙攘攘的游客，更像苏州园林本来的模样——宅门深锁，静谧清幽，仅仅偶然见得到两三游客花下伫立，廊前小坐。我们从社会物质精神财富分配的公平与否角度去想，园林面向公众开放无可厚非，然而从美学的角度来讲，拥挤的人流对苏州园林本应有的情致，破坏力不可小觑。此事难两全。

行至"野航不系舟"外的水边，发现只隔着一座厅堂，玉兰堂外野航门前的白玉兰花，果然比玉兰堂庭院里的那几树凋落得多一些。也许花树生长环境的气场是宁静还是芜杂，是被深院滋养保护还是任凭雨打

○雨中赏白玉兰

风吹，花开的精气神也便不同。

从拙政园出来，忽然想起去耦园游玩。进了耦园，在亭台水榭边兜兜转转，来到了双照楼，楼前一棵高大的百年白玉兰树一树繁花，随风摇曳，风姿绰约。登上双照楼，见到正对白玉兰花的木窗前的茶桌刚好是空下来的，我欣喜极了。推开木窗，放下竹篮，取出牙白色白瓷茶具，铺陈开一桌简单的茶席，泡了一壶乌岽玉兰香凤凰单枞。啜一口透着氤氲玉兰花香的清茶，望一眼窗外风雨中慢慢摇曳的白玉兰花，听那雨滴敲打在屋上青瓦的哒哒声，和敲打在树叶上的沙沙声，忽而觉得自己是多么幸运，在这一波风雨打落玉兰花之前，没有辜负这一季的花开，没有辜负这细雨中的良辰美景。

"人生只合住吴城，片石丛花俱有情。"从前逛苏州园子，只会在沧浪亭偶尔想起沈复和芸娘的风雅韵事，这次游耦园时见到水榭楹联上"佳耦"两个字，心里闪念，不知这园子里曾住着怎样一对佳偶，后来可巧就读到了耦园主人沈秉成严永华夫妇的故事。

晚清国家大厦将倾，沈秉成父亲、妻子病逝，二子早夭，仕途失意，疾病缠身，遂辞官归隐姑苏城。在归隐期间，结识了才女严永华，二人十分珍惜这风雨飘摇时代下的缘分，喜结连理。中国士大夫与文人向来羞于以言语表露爱情，沈氏夫妇便以一石一木构造出爱的园林，在池边建造一座"吾爱亭"，作为彼此爱的承诺与纪念。每日夫妇相携于园中琴棋书画，丹青诗词，因珍惜得此"天成佳偶"，故将园子命名"耦园"。八年神仙眷侣般的生活，被园中的一草一木、每一处楹联、每一处门楣悉数记下，漫步园中，处处皆是爱的印记。

八年后，或许是美好的爱情生活早已治愈了沈秉成的伤痛与落寞，或许是晚清国事令他实在无法安心归隐，传统士大夫治国平天下的抱负重又燃起，沈秉成又重新出仕。

然而当沈秉成再次辞官回到耦园时，吾爱亭犹在，严永华却已病逝了。沈秉成痛失所爱，不久也郁郁而终，随之而去。

只觉得，没有什么比在人间留下"片石丛花俱有情"的园子，来证明彼此在人间爱过更浪漫的事了。

　　半年后的一日，苏州钿筝姑娘发给我一张高清图片，是她在苏州博物馆新开放的西馆偶然见到的耦园旧主人沈秉成、严永华伉俪的一双砚台照。细看落款，其中一只真的写着"沈严永华"四个小字。逛耦园看草木亭榭，还当佳偶旧事只是传说，如今看到故人一双故物，尤其砚台上墨痕犹在，才觉才子佳人伉俪情深，是切切实实存在过的，似乎闻得到他们的呼吸。

　　想起拙政园水边小轩的名字"与谁同坐轩"。一座四季皆可赏游的园子，有了真情流动其间，有了可同坐的"谁"，才是人间最奢侈的实相啊。

　　[炸玉兰花片]

　　　　采摘白玉兰花瓣备用。将面粉兑上水，打入一只鸡蛋，加少许盐，一起搅拌成面糊状。锅中油烧至七分热，用筷子一片一片夹取玉兰花瓣，浸入面糊，再放到油锅中煎炸。将炸好的花瓣放入盘中，即成。

听禅柳杉下

　　与卢震道长、方山一行人于傍晚到访榉溪昭明寺，远远望见伫立在寺庙墙外右侧的一棵八百多岁的大柳杉，苍劲挺拔，蔚为可观，颇有君子气象，传说为南朝梁昭明太子所种。

　　古树木好像都有自己的结界。当你走近它，进入它的结界时，便自然感受到被它荫翳的宁静气息，和颇有治愈力量的青苔味道与木质香气，令你浮躁的心瞬时安顿下来。夕阳穿过层层叠叠的树叶，一缕一缕洒在爬满树干的森绿苍苔上，披上熠熠金光。一阵风拂过，树叶好像在低语，沙沙作响。周遭的场域，如此安详。

　　我轻轻抱着大柳杉，抚着树皮上的苍苔，忽然想默默和它说一些话。方山笑着说：如果我们都能给草木以温情，那么，地球上的一切就慢慢好了。

　　昭明寺的老僧人引领我们走入寺中，住持佛辉师父带我们一行人到茶室喝茶。

　　佛辉师父说起，少年时出家，跟着老和尚学佛，头三年一个问题都不许提问，只跟着师父做最简单的杂事，三年后方有向老师父提问的资格。老和尚有句话这样讲："人，有大磨难，便有大成就；有小磨难，便有小成就。没有磨难，没有成就。"

　　佛辉师父还跟过另一位老师父八个月，劈柴，烧饭，什么苦活都干。八个月后，老和尚对佛辉师父讲，你跟了我八个月，我就送你一句话吧：

○听禅柳杉下

学佛，最终是降伏我们的内心。

佛辉师父做了住持后，还曾向一位苦行僧求教。那苦行僧路过昭明寺，每日坐在门口那大柳杉下打坐，他就去给人家撑了三天伞。苦行僧初时沉默，后来有一天终于开口，说，师父，您给我撑了三天伞，究竟有何事相求。佛辉师父说，我来向您讨教佛法。苦行僧说，您这几日大殿上讲经我旁听了，您对佛法已是相当谙熟了。佛辉师父连连摆手，不不不，不敢当，我给您撑了三天伞，您总得送我一两句话才好。苦行僧说，你这位师父，好歹也是位住持，怎么向睡在地上的来讨教？佛辉师父答，面子有什么重要，佛法才重要。于是那苦行僧便道，好，那么我来问你：

你知道鱼在河水里为何总是溯流而上？

苦行僧话音刚落地，寺院茶室外的天色忽然暗沉了下来，雷声轰隆、轰隆，伴着暴雨滚滚袭来，好似令人醍醐灌顶的棒喝，一声一声敲击在我的心上。

春分，汉董仲舒《春秋繁露》中说：「春分者，阴阳相半也，故昼夜均而寒暑平。」春分的意思，一是指一天时间白天黑夜平分；二是春分正当春季三个月之中，平分了春季。春分日这一天，太阳直射在赤道上。

唐代元稹在《咏廿四气诗·春分二月中》中说：「二气莫交争，春分雨处行。雨来看电影，云过听雷声。山色连天碧，林花向日明。梁间玄鸟语，欲似解人情。」唐代徐铉《春分日》诗中说：「仲春初四日，春色正中分。绿野徘徊月，晴天断续云。」正是一年天朗气清，桃红柳绿的春日盛景。莺飞草长，暖日暄暄。正莺儿啼，燕儿舞，蝶儿忙，也忙煞了看花人。

每年这个时节，也是我最繁忙的日子，不是在看花，就是在看花的路上。大理的梨花，浙东的牡丹，东京的樱……各自绚丽媸妍。而这个时节的树木也好看，抽出了些许嫩绿新芽。正是一年中草木扶苏，欣欣向荣的好时节。在山野，在园林，踏青漫游，满眼收不尽春光。

茈碧湖的梨花

辛丑年生日，友人送了一枚闲章给我，篆刻着阳文"一砚梨花雨"。我喜欢得不得了，想着，如果有一天能看到闲章中的意境该多好。

未承想，两个月后的大理之行，便得偿所愿。

大理郊外茈碧湖深处的山坳中，有一座小小的白族古村落，村人世代以打渔与种梨树为生。小村里有近万株老梨树，许多梨树树龄已达五百年。每年春日，整座小村，便淹没在梨花花海中，花海间蝴蝶飞舞。在湖畔的沿湖公路修通之前，小村通往外面世界的路，只有以小舟，撑过广袤无际的茈碧湖。依山傍水的山坳里，生活竟然也可以大致自给自足。这样的秘境，令我们每一个中国人有似曾相识之感——这不就是陶渊明的桃花源吗？借用竹盦老师语："只差乘着一只小船钻过一座山洞了。"

我想，把时光拨回五十年、一百年，也许依然可以见到茈碧湖梨花村隐世静谧的样子。但遗憾的是，这一日——我与友人们驱车前往的这一日，是 2021 年的春分日，可叹那村庄已成为人头攒动的旅游景点和网红热门打卡地，小村遗世独立的气象已俨然不再。

向农家点了一盘烤鸡、一盘香椿炒蛋，在一棵梨花树下用了一顿午餐，随后，与友人们向梨花林深处走去。

但见梨花林中，高大的梨树林立，其中有一棵树干几乎要三四人合抱，树桩又分生出许多棵树枝，苍劲秀挺，姿态稳健，看标牌，正是那五百岁的老梨花树仙。倚靠在老梨花树下，向上看去，那莹白的梨花、嫩绿

○茈碧湖的梨花茶席（去大理茈碧湖看
梨花那天，小猫踏踏当然没有跟着一起
来。现在，踏踏已经不在人间了，所以
把踏踏邀请到我画中来，和春分日那天
的我们，一起在梨花雨下喝一杯茶）

的花萼，在逆光下更显剔透、轻盈。再向远处看去，那蜿蜒虬曲的梨花树枝，在蓝天背景衬托下，好像我们在一张白纸上吹出的墨汁痕迹，又好像一道剪影，向天宇伸展着、张扬着，那枝头间点缀着的莹白的、闪耀的，便是片片梨花了。树干，是黑的，梨花，是白的，让这样一大片梨花盛开的春景，并不显得妩媚冶艳，而平添几分水墨画般的洁净清雅。一阵风过，梨花吹作飞雪，拂过发梢。

为了眼前的景致，我可以、可以暂时关掉一部分视力和听觉，把破坏了这份清雅的冶艳色彩衣着的游客身影和人声鼎沸的喧嚣从脑海中过滤掉，只望向眼前的古梨花林，看着一瓣又一瓣细小的白色花瓣，静静飘洒而下，好像天上的花仙在研磨梨花碎屑，一秒，两秒，一个转儿，又一个转儿，安然落地。

这不正是友人送我的印章上的小字"一砚梨花雨"的情景吗？

与友人们继续向梨花密林深处走去，跨过一条条水渠，行至一片年份不高的新梨花树林，在一棵梨树下，铺就好一张浅蓝色野餐席子，布好深蓝茶席巾，摆好银茶壶、茶拨、茶则、茶拨置与茶杯，再随意撒下些许梨花花瓣，梨花下的茶席便布好了。

南宋姚伯声论"花三十客"时，把梨花比作"淡客"。今日梨花下的茶席，算是与花中"淡客"同席共饮。大家闲适恬淡散坐在席子上，品饮起一款茶香氤氲茶气十足的老岩茶。好花，好茶，好友相伴，共同定格在 2021 年春分这一日的午后。

虽不得见旧时茈碧湖隐逸宁静的样貌，但每个时代亦有每个时代的因缘际会，我们自然以当下的妥帖方式，放置一份内心的自在与安然。

[梨花羹]

梨花盛开的季节里，不妨做一碗梨花羹，享用春日赐予我们的美好花馔。

采摘新鲜梨花，洗净备用。将一两淀粉调成淀粉浆。清水烧热，加入芝麻油、盐、糖、胡椒粉少许。锅开小火，倒入淀粉浆，用汤勺慢慢搅动。取两只鸡蛋，打入小碗，取蛋清，持小碗用甩袖的手势将蛋液慢慢甩入锅中。最后加入梨花，关火即可。

大叶榕

　　许是第一次在阳春三月来到大理，我竟是第一次见到大叶榕在春天里的样子。透过出租车车窗，只见街边处处是披挂着奇怪红色叶芽的大树，那红色叶芽有几分像天堂鸟的花。我忍不住请教司机师傅：这是什么树？司机说：大叶榕。我茫然"哦"了一声，好像懂了又好像没懂——我没见过大叶榕吗？此大叶榕是彼大叶榕吗？大叶榕长这个样子？

　　几日后，逢春分时节，和竹庵老师到洱海边散步，洱海边的湿地和平滩上，有好几株大叶榕揽着湖风，安静地伫立。终于可以近距离仔细地端详它们，拥抱它们了。

　　后来文一对我说，每年冬天，大叶榕树叶子都会落光，只剩下枯树枝丫。待到春日，空气里刚刚萌生春天的气息，大树向阳的一面，就会结出笔挺挺的红色叶芽。待到春意再深一点儿，向阳面的红色叶芽便爆开来，舒展出绿色的叶子，背阳一面的枯枝，则刚刚才苏醒，结出红色叶芽，那时满树冠便是一半的红，一半的绿。临近暮春，背阳面的红叶芽也绽开绿色的叶子，直到盛夏，便是满树翠帷了。

　　听罢不觉感慨，这是对阳光和季节变化多么敏感的树木啊。

　　最奇妙的是，在洱海边的河滩上，有两棵相依相恋的大叶榕树。一棵向阳，因此几乎已披挂稀稀疏疏的绿叶；一棵背阴，因此披挂着颗颗红色叶芽。在午后经过它们时，竹庵老师说，当地人称呼它们为"夫妻树"。夫与妻，正对应着天地间的阳与阴。是日恰恰正值春分时节，春分，

○大叶榕

正是天地阴阳均分、和谐平衡的时节，而大叶榕夫妻树正用它们的芽与叶，来展现阴与阳和谐平衡的最直观的样貌。两棵树平等地站在一起，或舒叶，或萌芽，各自按照自己感知的天地力量做着自己的事，阴没有压过阳，阳没有欺过阴，只是树梢连着树梢，根系缠着根系，伫立在洱海边，一起看向一岁一枯荣的风景。

而阴阳力量岂止显化在夫妻与爱人的亲密关系上，我们每个人的心里，就像每一棵独立的大叶榕树，也有着一个独立的小宇宙，也有阴阳能量的平衡课题。当我们注重精神的阴性能量，与注重物质现实的阳性能量和合为一、平衡共生时，我们自然达到了自性的圆满。那时，我们便也不再急切地向外去寻求安全感，因为我们自己已没有缺憾。

我忽然想到这宇宙天地间的奥义，不由走向两棵大树，紧紧地拥抱着它们，闭上眼睛，默默许下了一个愿望，也诚挚地感恩这一刻大自然给予我的启示。

浙东访牡丹行记

读张岱《陶庵梦忆》，读到"天台多牡丹，大如拱把，其常也。某村中有鹅黄牡丹，一株三干，其大如小斗，植五圣祠前。枝叶离披，错出檐甃之上，三间满焉。花时数十朵，鹅子、黄鹂、松花、蒸栗，萼楼穰吐，淋漓簇沓"，不禁心生向往。于是问询天台龙溪书院卢震道长，天台现在可还有老牡丹花。

道长说，张岱笔下那五圣祠，有人考证是在天台西乡赤山的大安寺，而那棵高大的鹅黄牡丹，早已了无踪迹。天台山国清寺里倒是有一棵老牡丹，据说足有百岁。天台的石梁镇如今在做牡丹节，种下二十万棵牡丹，都已是今时常见的品种了。

道长又接着说，天台附近的金华磐安栌溪村和大皿村，各有一棵百岁牡丹，三月末四月初的光景盛开，如我有兴趣可以带我前去拜访，并邀约我在道长主持的杏坛书院和临海五月空间各做一次《草木有趣》的分享会，当中还可以去走访国清寺的老牡丹。以磐安大皿村为起点，以临海为终点，串连起一条"拜访浙东老牡丹"之旅，如此这般安排可好？

不能够再好了。

于是，三月末动身，启程探访浙东百岁牡丹。

出发那天早上，上海和浙江同步下起了大雨，浙江尤甚。九点钟卢道长一行开车出发来接我时，天色昏暗犹似黄昏，黑云密布，电闪雷鸣，道长的弟子方山说车窗前雨水如注，雨刷拼了命地摇摆，也刷不清前路视线。

然而，当我从义乌下了动车时，竟已雨过天晴。惠风和畅，山水盈盈，温柔地披着明朗的雨后阳光，以至于道长和方山向我描述早上的那场暴风骤雨多么倾盆晦暝，我听来只像是他们在编神话。

车子在山间穿行，先驶入傍着湍急河流而居的大皿古村，我们要在这里拜访一棵一百八十岁的老牡丹。走到进士宅邸的古老牌坊前，弯进旁边一座庭院，古老的木阁楼前，远远望见一棵足有一人高的牡丹花，走近了细看，那牡丹花树冠延伸开来足有两米，花冠足有海碗口大，浅粉花瓣，秾艳繁复。所幸的是，经历早上这一场狂风骤雨的摧残，那牡丹只是挂着雨珠，微微低垂着头，并没有被风雨打落，好似经历风雨后微微缓了口气、面容平静的隐忍美人，那模样，更加我见犹怜。

我问道长，这株牡丹品种叫什么。道长说，他问过专业养牡丹的人，看上去最接近一个品种，名字叫：雨后风光。

如此说来，今天早上这场大雨，竟然是为了应和今日拜访的老牡丹花芳名的意境了。

卢道长在几年前无意间发现了大皿这棵牡丹王，看树桩，知是有上百年的岁数，于是几度和庭院的主人攀谈打听。那位主人已经上了八十多岁年纪了，说："太久了，只知道太公手上就有了。"卢道长按太公的年龄推断，推算出，这棵牡丹足有一百八十岁。

主人继续讲道，牡丹很娇气，总有人见牡丹开得美，想摘走一枝去别处散叶开花，可目前为止还没有听说谁扦插、压枝繁殖成功过。曾经有几次小苗在牡丹王脚下压枝生根存活了三年之久，可再移栽到别的地方，便都没有活过第二年，人们也就死了心。而且，这棵牡丹一直以来都特别怕铁器，也断不可用手去掐。好几次，不知谁家好心拿剪刀把台风过后吹折的牡丹花剪一下，或者小孩和游客用手掐掉一朵花，那么那一根枝条不管多粗，都会慢慢枯萎，决绝得如义士，一直死到根部为止。卢道长拿这桩事去问栽培牡丹的师傅，师傅也觉得稀奇。想起一位朋友曾说起，牡丹很难养，如果主人不够富贵，它就不会绽放，有种不愿将就贫寒人家的贵气和娇气。从前觉得牡丹被称为"富贵花"有些俗气，

○牡丹

○昭明禅寺的百岁牡丹

如今看来，富贵于人间也是一种入世的极高境界，倘若没有勤勉地白手起家或者积德培福到一定程度，何来人间富贵呢？黄庭坚把牡丹比作"贵客"，这"贵"字，看来真不是白白叫得的。

离开前，又仔细看了看这株老牡丹，只愿她在这方庭院里宁静生长，岁月安好。

车继续行驶在山间，沿着盘山公路直上，穿越苍松翠柏林，最后抵达位于榉溪村附近一座山顶的昭明寺。

"人间四月芳菲尽，山寺桃花始盛开。"山下古村落里的牡丹早已开得繁盛，经历雨打风摧；而山上昭明寺庭院里的百岁牡丹，前一日还是花苞，今日我们到访，雨后太阳一出，方才和着雨露绽开浅粉色的花瓣。是日为了拜访牡丹花，我特意穿了一身水墨牡丹写意图案的衣裳，寺里七十多岁的老僧人师父玩笑说我像是那牡丹花仙，我一来，牡丹为了迎接我就掐着时间开了。老师父双手合十，祝福牡丹能给我们一行人带来吉祥。

寺里的僧人十分爱护这棵老牡丹花。老师父怕牡丹孤单，还亲手从故乡菏泽移栽过来一棵白丹皮牡丹，与这株百年牡丹做伴。

夜宿古朴清静的榉溪村，第二天与道长一行游览古村，听说榉溪村永芳堂也曾有一棵百岁老牡丹，只可叹，花已不再。

在细雨中我们拜访了永芳堂。那古老的木结构建筑四合院落东侧中央，空荡荡的鹅卵石地面上，曾有一棵硕大无比的牡丹，当年花开繁盛时，树冠足以覆盖整座十六平米左右的花台，正如这庭院的名字"永芳堂"一样，满庭院皆是牡丹胜日芳菲、华枝春满的盛景。后来村里改造，有人嫌牡丹碍事，把当年老牡丹花挖掉了。村民们你一枝，我一枝，瓜分了这棵老牡丹，最后活下来的，便散落在古村各个角落。我们在雨天拜访了古村里那由永芳堂老牡丹花分枝幸存的牡丹们，它们在各自的新家，由各自的新主人照料着，或瘦或肥，或荣或枯，似乎一家子里的儿女，各自有着各自的命数，继续延绵生息。

我一度会想当然地以为，花草天生是会被人类爱惜的。然而事实并非如此。那么那些认为老牡丹花碍事的人遗失掉的是什么呢？榉溪村是孔子后人聚集地，卢道长在这里复兴杏坛书院，重拾乡村书院式教育。他说，儒家讲求格物致知，不是仅仅在事理上不断获得新的突破和积累，而是需要能够培养一种时刻关注人与社会、人与天地万物之间和谐共存、平等关爱的情怀。我想那些伤害老牡丹花的人，正是遗失了这种与自然万物和谐共处的本心吧。

探访牡丹之旅的最后一站，是天台山国清寺。这一日的细雨中，与道长一行走上国清寺的古道，瞻望过老隋塔，走进方丈室的庭院，发现这一路赏花的好运并没有延续到终点——那花冠足有近三米宽的繁茂百岁牡丹花，已在这几日的风雨摧残下尽数飘零，浅粉的花瓣萎落一地，别有一番凄迷况味。不过，落花也是美的，这，也是一种雨后风光吧。

上
野
的
樱

　　每年春天，日本的樱花如同春的讯息，从南部，慢慢蔓延到北部。三月下旬，京都的樱花已分外绚烂，东京上野公园的樱花则刚刚打着几朵花骨朵儿。我就是在这个时节抵达上野公园的。

　　在大多数樱花还睡眼惺忪时，倒是有几朵急性子的花朵，已然全开。这样的樱花树，远远看去，那淡淡的粉，便是"遥看近却无"的。走在夹道尽是樱花树的大道上，头顶仿佛笼着淡粉的烟霞。偶然见到已经绽放的几树，则在烟霞中层层晕染出绚烂的粉白。

　　热爱樱花的东京人，可等不及樱花盛放了。石板道路上尽是人头攒动的看花人。年轻夫妇，老人，西装笔挺的先生，外国人……小朋友们也小雀儿一样来了，骑在爸爸脖子上的，跑跑跳跳在广场上的。小猫儿、小狗子也随着主人来看花了，抱在怀里的，在樱花下撒欢儿的。一位可爱的日本妹子秀给我们看她的吉娃娃。

　　走到广场上一棵染井吉野樱下，惊喜地看见樱花树下铺着几张榻榻米，几位身着和服的日本先生与妇人在礼行茶道，为过往游客奉上一碗抹茶。这是在 2008 年的三月末，彼时的我还是一个外企白领，还没有开始学茶，对日本茶道和中国茶的渊源，唐代煎茶、宋代点茶的传承脉络几乎一无所知。于是，我这个外国人在一位穿着普蓝色和服的妇人招呼下，和几位日本青年男女一道，在榻榻米上跪坐下来，学着身边其他客人的模样，鞠躬行礼，静静等待。茶人们煮水、打抹茶、呈递，一丝

○上野的櫻花茶席

○上野公园的樱花

不苟，不慌不忙，从容行来。

打好的抹茶端上来了，沫子很细腻。身边一位神似宫崎骏先生的和蔼慈祥的日本老伯伯，耐心地教我如何品饮。我端起来，照着老伯伯的教导啜饮，一股子微微苦涩却有着春日里茶叶清香的沫子啜入口中，青涩，清香，微甘，是春天的味道啊。茶点是细腻如沙的阿波糖，甜丝丝的，抿在嘴里，一下子就化开了，中和掉了抹茶的微苦。一阵风过，头上的染井吉野樱向我们撒下几朵樱花花瓣，在花瓣雨中看着身着和服的茶人们沉着、优雅、不失周到礼貌的仪态和身姿，这幅画面，是东京春日里最美好的记忆。

在任何一个国度，也许那些渐渐沉下心发觉传统文化之好的人，都是略微上了一些年纪的。在日本也是如此，樱花树下有条不紊忙忙碌碌的事茶人，大多四十岁年纪光景，而年轻人则更喜欢三三两两、七七八八凑在一起，在樱花树下铺上野餐垫野餐。

日本人对樱花的特别情结，源于樱花花期的格外短暂，犹如人脆弱的生命。在花开时节尽情享受美好的花期，在花下品饮一杯清茶，享受三两友人相聚的时光，便是"幸福"的奥义吧。

可惜，对于当年坐在花下接过日本妇人真挚递上来一碗抹茶的那个身为都市白领的我，并没有体悟到这其间的美。确切说，是觉得美，但或许这种美与我的生活关联不大。对于每天生活在摩天大楼的提案、文件和 E-mail 中的我来说，没有时间关心花何时开、何时落，茶的滋味如何，人间的情谊又是几何。

所幸的是，我的年岁也在增长，人生也在沉淀，慢慢也长到了与当年染井吉野樱花树下的和服妇人相仿的年纪，我，也渐渐找到了更能够令自己内心平静的领域，像海绵吸收着水分一般，慢慢从东方哲学、美学、茶、佛学、易学、香道、插花等传统文化中获取滋养，获得作为一个东方人内心的宁静和内在丰盈。我也会由内而外，与花草产生情谊，花开之时，也会招呼三两好友，在花下设席饮茶，令花香、茶香、人之情谊，在良辰美景的场域中流动。

王阳明说："汝未看此花时，此花与汝同归于寂。汝来看此花时，此花颜色一时明白起来，便知此花不在汝之心外。"也许，心，才是生发意义的源泉。山林间的花树再美，你唯有用心去看它、念它，它才会映入你的眼帘，于你而言，才会有意义。

[日式盐渍樱花]

樱花花期短暂，用盐或糖渍的方法，可留住樱花的花姿与香气。

选择八重樱中的关山樱品种，采摘新鲜整朵樱花，用清水洗净，用盐水浸泡一会儿，释出花中小虫。在樱花上下垫上纸巾，轻压花朵，吸干水分。将樱花放入密封食器中摆好，每铺一层樱花撒一层海盐——花与盐的重量比例是 5∶1，然后压上重物，盖好盖子，放置阴凉处。四天后用纸巾吸干樱花释出的水分，晾一会儿，用米醋再次渍樱花。五天后吸干樱花水分，把樱花摊晾两天后，撒上一层海盐，即可放入容器保存。食用时，可加入开水冲调饮用，也可在做甜点时加上一朵盐渍樱花作为点缀。

清明

清明，万物生长于此时，皆清洁而明净。清明有清爽明洁之意，这个时节天地清明，惠风和畅，万象更新。

清明兼具自然与人文两大内涵，既是自然节点，也是传统节日，因扫墓等人文习俗成为今人最重视的节气之一。

清明时节，时雨纷纷。小山前，小河岸，田野上，纸鸢飞，秋千荡，百花芬芳。

此时，忠王府文徵明种下的那棵紫藤正垂下紫色蝴蝶般的条条丝绦，花荫下藏着明朝士人的清气；北京长城内外的杏花，则花开遍野，诉说着雄芙漫道中隐藏的浪漫；法源寺的丁香繁花似锦，花影下似有半部北京历史中的人影幢幢；故宫文华殿的海棠被春风吹落如雪，诉说着老故宫人传承文脉的信念。花木在天地清明时节，默默诉说着人间的明心与清气。

访文徵明
手植紫藤

　　看书时看到，拙政园有一架文徵明亲手种下的紫藤，暮春时节花荫可以盖过几间屋子。前些年我几次到访拙政园，一直寻不着这紫藤花的踪迹，直到后来才知晓，这架紫藤原先在拙政园中园大门内庭一隅，经历几番世事变幻后，被划入了忠王府，现在早已经归隔壁的苏州博物馆管辖了。

　　这一年暮春，我特意赶来看紫藤。站在忠王府墙外的石板步行道上，已经能看见那紫藤蔚然成林，满园春色，这段粉墙是关不住了，串串紫藤花直接攀上墙头，好像一片映着蓝天的紫色烟霞。那粉墙上，正一字一字镌刻着"蒙茸一架自成林"。

　　在苏州博物馆中穿堂走巷，又穿过忠王府，直奔靠近拙政园角落的一方庭院，终于得见这墙里紫藤的完整样貌。只见庭院中有宛若虬龙的两树紫藤，枝干足有海碗口粗，扶摇直上，花蔓随之散开来，在花架上密密匝匝地攀爬，编织出一大片绿荫，足以覆盖住整座庭院。绿荫间，垂下苕苕淡紫色花穗，如璎珞，似流苏，每一朵花，就像一只展翅欲飞的小蝴蝶，翅膀在阳光下闪着柔光。时值暮春，气候有些炎热了，这里却格外清凉，真是暮春时节纳凉的绝妙佳境。

　　那最粗的一棵紫藤花树前的石碑上，刻着"文衡山先生手植藤"。一阵风吹来，有紫色花瓣飘然下落，落在泥土里，落在石碑上。呀，前人栽树，后人乘凉，何况这"前人"是吴门才子文衡山先生，荣幸备至了，顿生

○访文徵明手植紫藤

感恩之心。素来喜爱文衡山先生的字画，想来，文徵明或许当年也在这同一树紫藤花下纳过凉，这紫藤便不是一般的紫藤了，好像那花穗与枝叶间，有故人的呼吸，犹若可闻。

古人素来知道紫藤花的好。有紫藤的地方，便有鸟语香风的初夏浓荫好风景。李白诗里说："紫藤挂云木，花蔓宜阳春。密叶隐歌鸟，香风留美人。"陆游诗里说："绿树村边停醉帽，紫藤架底倚胡床。"挚爱紫藤，并引以为书斋茶室雅号者，古今皆有之。清代词人朱彝尊为自己的书房命名为"古藤书屋"，在书屋对着紫藤花填词，开创了浙西词派；今人台湾茶人周渝老师的茶室"紫藤庐"，以庭院里几株近百岁的老紫藤为名，更以浓郁的人文气息吸引着文人雅士来此驻足，成为台北的文化地标。

而遥想明朝那一年，拙政园建园之初，园主人王献臣乐呵呵把好友文徵明请到园子里来，携手宴饮赏游。文徵明是紫藤花痴，兴致一起，在园内角落亲手种植了这株紫藤花。又过些年月，想必便与园主人园中再聚，花下饮酒喝茶，吟诗作对，雅集宴乐了。

紫藤虽为藤蔓花木，看似柔弱无骨，却可以历经沧海桑田而不摧。如今栽花人已去，园子也易了几番主人，唯有紫藤花还一岁一枯荣，每年春天，在园中摇曳于春风中，人的生命在花前竟然更显渺小脆弱。但又多么庆幸有了这草木坚韧的生命力，让我们与心慕手追、心驰神往的古人，在同一方场域中，有了一份如同这紫藤花枝蔓一般缠绵的连接。

[紫藤花饼]

采摘新鲜紫藤花串，摘出一朵一朵紫藤花朵。加入面粉和一颗鸡蛋，一起搅拌均匀。在锅中倒入油烧热，加入紫藤花面糊，摊成面饼状，待两面煎熟后即可出锅。

东山的宋藤

　　暮春时节，与漆器手艺人瑾鸿老师相约，去苏州东山拜访他的工作室。瑾鸿老师客气，上午便招呼我去东山一起吃午饭。我答，不了，我要去忠王府看文徵明种下的那棵紫藤。

　　瑾鸿老师说，嗨，紫藤啊，我们东山有一棵一千来岁的。

　　瞬间呆住，这年岁，足有文徵明种的那棵紫藤的两倍！推演到人间纪年，已追溯到北宋了。

　　下午到瑾鸿老师的茅草茶亭喝了杯茶，赏了他手作的、收藏的漆器，傍晚和老师伉俪一起去拜访隐藏于东山老街东首敦裕堂外沿街的老紫藤花。远远便看见暮色中一架紫烟云气密布于小巷之上，近观，树干果然比忠王府那棵紫藤还要粗壮几分，根脉交错，遒劲苍老，蜿蜒如龙。一串串硕大的花穗垂挂枝头，在夕阳下闪着金光，张扬着茁壮的生命力。

　　第二日午后，拜访东山团扇手艺人尹康老师后出来，走出巷子，好巧不巧，又路过这千年的宋代紫藤花。白天的光影与暮色里自然不同。紫藤花在明朗的阳光下更显生机。我不由仔细盯着一串垂挂下来的花枝看，呀，这花枝线条，如此行云流水，笔走龙蛇，绵里裹铁，臻微入妙，好像草书大家的书法。

　　于是正午后的大日头下，晒得有点恍惚的我，好似与老紫藤花树攀谈上了几句：

　　"你好，您有一千岁啊？"

○东山的宋藤

"是啊。"

"看您藤蔓出枝的手法，您有练过草书？"

"对的，临了八百年怀素和张旭，这几年也在临摹良宽——你知道的，写到一定程度总要跳脱出来，这样比较利于形成个人的抽枝风格。"

我点了点头："嗯，有道理。我今年早春去杭州超山看梅花了，她们还在练唐楷。"

"蛮好。那你最近有天天练字吗？"

我脸一红："新买的字帖刚到。"

"嗯，好好写字，字写好了，做植物，做人类，都通透练达一些。"

"好，与君共勉。"

如此一番对话后，我向老紫藤行礼，就此别过。

一晃大半年过去，我开始动笔为新书画插画，画到东山这棵老紫藤时，想起当时脑海里浮现的这段与千年紫藤的对话，依然不由忍俊不禁。然而笔下却多了几分压力，画到这犹如草书中笔走龙蛇的藤蔓这一笔时，特别令手腕多添几分灵活气。画成之后，尚有几分满意，然而当拿起老紫藤的照片做比对时，才自惭形秽、自愧不如起来。只见千年紫藤藤蔓的"笔力"明显更遒劲有力些，而我笔下的线条则柔若无骨，气若游丝。

一位友人见了，也戏谑说："一直徘徊在梅花的阶段，不知何时能修成老藤。"

谁说自然界的植物，不会是我们练习书法、为人、修行的最好老师呢？

那么一起以东山这棵千年紫藤为师吧。

与君共勉。

慕田峪长城的杏花

　　暮春时节，随着北京北郊雄峻的山脉延绵百里的，不仅有明代的长城，还有那漫山遍野、如雪似霞的杏花。

　　"沾衣欲湿杏花雨，吹面不寒杨柳风。""借问酒家何处有，牧童遥指杏花村。"从前读唐诗宋词，总会把杏花与江南的烟雨连接在一起。然而寓居江南二十年，桃、李、梅、海棠看过不知几遭，杏花却没见过几回。却不知，原来这千株万株的杏花是在北方的雄关漫道上迎凛凛东风怒放着。黄庭坚在论"花十客"时，把杏花比作"倚云客"，那么长城内外倚着白云盛放的杏花，再名副其实不过。从前没见过杏花时，想象中它的色彩应该像海棠那般，粉里透着绯红，妩媚，旖旎，真的见到后，才发现与自己想象的不同——桃红色半透明的花萼映着洁白剔透的花瓣，让白的更白，红的更红，自成白雪红梅的意境，美得不染纤尘，不可亵玩。如果说梅花是清高隐士，海棠是春睡仕女，杏花给我的感觉更像是颇有些气节和风骨的男子。倘若长在江南园林里，就是温润如玉的公子；倘若长在长城两旁，纵然比不得浩气长存的松柏将军，却也多了几分铮铮铁骨，都不违和。

　　漫步在慕田峪长城上，几步便有美景收入画框——那画框，不是别的，正是长城的垛口和窗子。画框取景时远时近，远景，是巍巍莽川上朵朵如雪般乍开来的杏花树；近景，是推近在眼前的"杏花枝头春意闹。"一阵山风吹来，几点杏花雨迎面飘来，落在长城的青砖上，落在脚边。细

○慕田峪长城的杏花

○慕田峪长城的杏花

看每一树杏花下，都已铺就层层叠叠的落花，在北方的泥土地上，散开一张杏花地毯。

再手脚并用爬上一段古长城，站在高处回望，那莽莽苍苍、连绵起伏的崇山峻岭尽收眼底。那长城，如一条青灰色的蛟龙攀在山脊上，攀过春日里的百里花海。这是唯有在北方才见得到的雄浑气象啊。

走累了，口渴了，我与友人高老师随性坐在长城垛口前青砖垒砌的台子上，铺上蓝色的茶席巾，摆上黑陶茶壶、德化瓷的八角老杯子，泡上一壶高老师带来的 2005 年老班章。老班章醇厚的气韵，与北方崇山峻岭的壮丽、雄伟连绵长城的气势、漫山杏花的静雅相得益彰。

想起高老师是江南人，来北京寓居几载，也和这杏花一样，少了几分江南人的文静气，多了几分北方男人的侠义和爽朗，也是有趣。

写下此篇时，台北汉声出版社编辑翟老师发给我几张图片——阿富汗女子，用战火后的手雷壳当作花盆，种上了雏菊与沙漠玫瑰。象征战争的手雷与象征宁静生活的花草，是最强烈的视觉对比。长城内外的杏花或许也如此，想当年，那驻守长城的士兵与将领，透过窗口与垛口，看到的不是战火硝烟，而是漫山杏花时，心中最柔软的地方也会生起片刻宁静的微光吧。

花木柔弱，却无形中有种力量提醒我们，无论战争与和平，无论栖身何等情境，心中应始终保有对美好而有序生活的希望。

[杏花银耳雪梨羹]

拣拾杏花花瓣，洗净备用。将银耳以温水泡发四至五小时后，撕成小片，将两颗雪梨削皮，切片，再把雪梨、银耳放入锅中，加入材料三倍的水量炖煮两小时。待银耳煮烂，加入冰糖。待冰糖溶化，将银耳羹盛出，在上面撒上杏花瓣，一碗香甜软糯、泛着丝丝杏花香味的杏花银耳雪梨羹便做好了。

法源寺丁香

人间四月天，江南花事已近尾声，京城却百花绚烂，山川中，城墙外，寺庙里，尽是络绎不绝的看花人。

老北京人说，昔日京城春日里有四大花事，一是法源寺的丁香，二是崇效寺的牡丹，三是极乐寺的海棠，四是天宁寺的芍药。每年春日，文人雅士和平民百姓趋之若鹜，游赏花间，分外热闹。现如今，崇效寺的牡丹已经迁到了中山公园，极乐寺的海棠亦好景不再，天宁寺的芍药已不知所踪，唯有那法源寺的丁香，仍在牛街附近胡同中的法源寺庭院里嫣妍盛放。法源寺，也被称之为"繁花之寺"。

我便是有幸在北京丁香花盛放的季节，来到法源寺的。

走进寺庙，随着一进庭院一进庭院深入，那丁香花从疏疏朗朗，渐渐变得繁盛起来。待走到悯忠阁庭院，那才是一下子坠入了丁香花的海洋，花枝如云似霞，团团簇簇，压在头顶，绚烂极了，嫣妍极了。一座石塔，耸立在庭院中的花间。穿梭于花间的，更多的是扛着相机、人头攒动的看花人。透过花枝，可窥见殿堂里鎏金的佛菩萨塑像。大殿前的花下，一位戴着斗笠的僧人，摆开一方茶席与几位香客一道品茶。几位佛学院的学生，穿着僧服，从花前匆匆走过。宋人张敏叔把丁香比作"素客"，丁香花如此繁盛地在佛家清净之地盛放，再合宜不过。

徜徉于丁香花间，流连忘返。再走回到第一进庭院，才注意到，那殿堂前竖立着镌刻记录法源寺几度毁灭与重生历史的三块老石碑。

○法源寺丁香

千年法源寺，半部中国史。比法源寺的丁香花还要闻名遐迩，还要值得被铭记的，也许是有寺以来一千四百年长河里，寺庙所见证的无数朝代兴废事与历代文人墨客影影绰绰的身形和足迹。

那藏在丁香花树后的悯忠阁，名字恰恰印证了法源寺最初历史的开端。公元 644 年，唐太宗李世民，正谋划平复辽东高句丽。这场战役，大唐最后失败了，兵退幽州——幽州，就是今日的北京城。李世民下诏将东征士兵遗骸葬在了幽州，建起一座寺庙以示纪念，赐名"悯忠"。这，便是法源寺的前身悯忠寺的最初由来。武则天登基后，重建悯忠寺以追怀先帝遗愿，悯忠寺成为幽州最大的佛寺，香火延绵。

北宋末年，靖康之变，宋徽宗与宋钦宗被掳，囚禁在蛮荒之地，三十年后被押回中都，宋徽宗被关在北京西北郊大延寿寺，从此再也没有走出来，宋钦宗则被关在了悯忠寺，不久后也命绝于此。悯忠寺无声见证了北宋王朝帝王之殁，见证了北宋王朝的日落。

转眼间，历史的车轮推进到清代，皇家重修佛寺，雍正皇帝为它更

○法源寺丁香

名为"法源寺"。春日里，寺庙中的丁香花开了，寺里僧人备好素斋清茶，邀请文人名士赏花吟诗唱和。纪晓岚来过，龚自珍来过，在法源寺留下了赏花的身影和诗篇。

清末，面对列强肆虐和清王朝颓败的内忧外患，法源寺又成了风云变幻的中心。作家李敖把这些风云变幻的逸事，收录于自己的《北京法源寺》一书里。古有桃园三结义，而那一年，则有梁启超与谭嗣同这些爱国义士在法源寺丁香花树下结下的缘分，他们同康有为一起，在这里筹谋了公车上书和戊戌变法。变法历经一百零三天失败了，谭嗣同被斩首，尸身被悄悄运出，停灵的位置，恰恰也在法源寺。法源寺又一次无声见证了改良派梦想的破灭。

十三年后，辛亥革命的浪潮席卷中国疆土，清王朝被推翻了。1914年，这一年，袁世凯还没有宣称复辟，举国人民讨论中山先生的三民主义，对新时代充满希望，法源寺的丁香花再次回到人们的视野。法源寺花下人影幢幢，这里曾举办空前盛大的"百人丁香诗会"。

四年后，法源寺来了一位青年人，他白天去琉璃厂卖画刻印，晚上就住在法源寺的僧舍，留下"破笠青衫老逸民，法源寺里旧逡巡"的诗句。这位青年人，就是后来叱咤中国画坛的齐白石。初来北方，齐白石为北京画坛所不容，幸而所遇有陈师曾先生，后来岁月里对他多帮助，多扶携。二人初次会晤，便是在法源寺，"晤谈之下，即成莫逆"。

又过了六年，1924 年 4 月 26 日，法源寺迎来了一位从异国来的尊贵客人和几位青年男女，那便是印度诗人泰戈尔和诗人徐志摩、林徽因等中国青年。那时，泰戈尔刚刚获得诺贝尔文学奖，那是东方人第一次戴上这顶桂冠，世界文坛为之轰动一时。北京讲学社请到了诗翁访华，被当时的中国文学界视为一项盛事。讲学社的主事人，正是二十八年前在法源寺筹谋戊戌变法的梁启超和他的世交林长民。人间过了多少春秋，当年的爱国热血青年，也如这法源寺的丁香花一样，开花结果，子嗣延绵。参与陪同泰戈尔的风华青年中，那佼佼者，便有梁启超的公子梁思成、林长民的爱女林徽因的身影，梁启超弟子、林长民忘年交徐志摩则来担当翻译，几乎全程陪同。当时盛况，吴咏所著《天坛史话》中有生动的描写："林小姐人艳如花，和老诗人挟臂而行，加上长袍白面、郊寒岛瘦的徐志摩，有如苍松竹梅的一幅三友图。徐志摩的翻译，用了中国语汇中最美的修辞，以硖石官话出之，便是一首首的小诗，飞瀑流泉，淙淙可听。"这一天泰戈尔兴致好极了，夜幕低垂，庭院寂静，他依然不肯离开法源寺，想去看夜色里的丁香。徐志摩便陪他在丁香树下一起谈诗、作诗，直至东方天色既白。

时间的指针拨过近一百年，2021年4月12日，如今的我，站在了法源寺的丁香花海间。人间，已不知变幻过多少风景。

想起，在法源寺门口的胡同里，见到一位北京大爷在唱京戏，抑扬顿挫，字正腔圆，戏文内容无非是关乎古今兴废、将相忠烈那些往事。边上一拉黄包车的大爷给他伴奏"楞哏儿里哏儿楞"，唱好了，周围几个看热闹的、走过路过的大爷一起大声喊了声"好"，把路过的我吓了一跳。我想我也别愣着，也喊了声"好"，结果因为慢了半拍儿，显得有点突兀。大爷盯上我笑呵呵说："您别光叫好啊，扔钱啊，扔手机！"我赶紧笑着跑开了，听得后面又过来几个大爷，见面寒暄："哟，今儿个真好啊，今儿真不错，到点儿您就来了……"可见大爷们是常年"包场子"的。

怪道有人说，法源寺就是个戏台子，笑闹怒骂，文韬武略，皇权霸业，人来人往，不过转眼工夫。

[糖渍丁香]

丁香花香气馥郁，可惜花期短暂。下面这个方法，可将丁香花香气留存。

将新鲜丁香花洗净，注意留住花蕊，以留住丁香香甜的味道。用纸巾轻轻去除丁香花水分。用干燥的密封瓶将丁香和砂糖分层放入，压入重物，密封四日，即可取出泡茶或食用。

故
宫
海
棠

　　从大理，到浙江、苏州，再到北京，一个春天，我由南渐北，追着花期跑，步履不停。待到走进紫禁城，发现花期终究是匆匆，太匆匆。整座紫禁城除了御花园的玉兰、牡丹、紫藤和白丁香疏疏落落开着，就只剩下文华殿和永寿宫的海棠晚景在等着我了。此情此景，正应了李清照的词："试问卷帘人，却道海棠依旧。知否，知否，应是绿肥红瘦。"

　　走进文华殿所在的庭院，眼前瞬间展开海棠花林的画卷。因是花期晚景，海棠花已泛作雪白，只有花瓣最边缘处有点点绯红，花枝间绿叶也颇为茂密了。风过处，海棠花瓣被吹作雪，飘飘洒洒，纷纷扬扬。庭院里的海棠，时常可见一百多年的古木，蔚然成林。我随性在文华殿前的一棵大碗口粗的海棠树下坐下来，依靠在树桩上，眯着眼睛向天，看那花瓣簌簌落下，不由泛起春困，打起盹来，恍惚间仿佛做了一个古老的清梦。

　　起身后，在偌大紫禁城继续游走，最后，在永寿宫里又见到两树雪白——依然是海棠花。这些年见过许多故宫百花绚烂的摄影作品，可今日看来，与我有缘的，只有故宫的海棠了。

　　昔日紫禁城海棠花便繁盛如云，最有名气的，是御花园内的绛雪轩。这里曾经种植了许多海棠，春日，粉白海棠落英缤纷，"绛雪轩"由此得名。据说乾隆见了，爱极了，留下许多诗篇。只可惜，到了清末，慈禧却命人挖掉了海棠，换上太平花以祈求国祚太平。那文华殿的海棠，则是清

末年间种下的，近年故宫也按计划在文华殿前继续种植海棠，才造就了如今文华殿前的海棠花海盛景。

故宫与海棠，还因为一部话剧《海棠依旧》被连接在一起。名字自然是出自李清照的词"试问卷帘人，却道海棠依旧"，而这里的海棠，意指的不是故宫里的海棠花，而是故宫里的上百万件国宝文物。话剧以

○海棠

○故宫海棠

1933 年到 1949 年故宫文物南迁、西迁、迁台为主线，讲述了一群老故宫护宝人保护故宫文物的往事。

1933 年 1 月山海关被日本人攻陷后，为了保护故宫大量珍贵文物免于落入日本人之手，故宫博物院决定将故宫部分文物分批南迁。自此，故宫文物开始了长达十八年的南迁征程。

从挑选"南迁品"到打包文物，老故宫人共花了近一年时间，一共打包出一万三千多箱文物。每件文物的包装至少有纸、棉花、稻草、木箱四层，有时候外面还套上个大铁箱。文物运出北平时，每节车厢都有军警护卫。火车经过的每个分段，地方都会派出军力保护，一些路段还设有骑兵，跟着火车一起跑。抵达上海后，文物暂时在上海法租界亚尔培路的故宫博物院驻沪办事处存放。1936 年，保存在上海的文物分五批迁运至南京新库房，在这里短暂地休憩。

　　然而好景不长，1937 年，淞沪战役爆发了，随着国民党正面战场的节节败退，这批南迁文物再次被迫踏上征程，分三路在日军炮火下紧急西迁，开始了长达十年的万里西行，最后运抵四川。到了乐山，存放文物需要占用人家的祠堂，几个村子的族人没有二话，腾出祠堂。每到人生地不熟的地方，文物守护者需要招募工人、找交通工具这类事，很多地方百姓都会积极响应，把保护文物当作自己的责任。

　　1946 年，三处文物被集中到了重庆，于 1947 年运回南京。其中 2972 箱被运至台湾，保存于台北故宫博物院。1951 年后留在南京的文物陆续运回故宫博物院 1 万余箱，剩余 2221 箱留于南京库房，划归南京博物院所有。自此，长达十八年的"文物南迁"画上了句点。在十八年里行程过万，跨越千山万水，穿越大半个中国，上百万件文物中没有一件丢失，也几乎没有毁坏，堪称世界文化史上的奇迹。

　　国家灭亡以后，有复国之日；中华文化中断，则永无补救之举。一位当年守护文物的老故宫人庄尚严的后人庄灵说："可以说，我父辈那一代故宫人的整个生命，都是为了确保文物的完整。"飞驰的火车、远航的江轮和翻山越岭的汽车，这场"文物南迁"承载的不仅仅是百万国宝，而是中华上下五千年的文化遗存。

　　知否，知否，却道海棠依旧。我重新走回文华殿前的海棠林，忽然想起，文华殿在明代是皇太子的东宫，在清代为举行经筵的地方，如今，则是故宫博物院的书画馆。如其名字"文华"一样，无论在哪个年代，似乎都与教育、文化、文脉有些许关联。

　　那片海棠，一年一岁，春华秋实，花谢了来年又再开起来，似乎也寓意着中华五千年的文华、文脉不断。

潭柘寺玉兰

人间四月天，江南的玉兰花已经凋零了近一个月，北京西郊潭柘寺的玉兰还在开着。殿堂外，庭院里，紫玉兰如紫蝶展翅，翩然绽放。而最稀奇的，便是毗卢阁东侧的两株十多米高的二乔玉兰，那树间大部分的玉兰已经落了，好像是特意照顾我这个不远千里奔赴而来的看花客，枝头间还有两三朵玉兰兀自开着，且没有一点颓态。

我站在殿堂栏杆前，刚好可以平视花树的绽放。二乔玉兰花瓣下面粉紫，上面牙白，在风中慢慢摇曳，风姿绰约。"三春一绝京城景，白石阶旁紫玉兰。"可以想象，当整树繁花盛开时，是怎样一番撼动十几里外京城的云蒸霞蔚般的盛景。

玉兰花前的阁楼上有一座玉兰茶室，遗憾的是盛花期已过，茶室是紧锁着的。否则在花开时节，在这里一边喝茶，一边看二乔玉兰随风摇曳的禅静之美，应是人间赏心悦目的美事。

因为有粉紫和牙白两色，"二乔"的名字便由此而来。但查阅资料得知，此花品种的确切名字应为"朱砂玉兰"。这两棵树，树龄已达四百多年，直可以推演到人间的明代去。

关于双色玉兰，曾有人说，在植物发展史上最早出现于一百四十多年前，是由法国的苗圃花匠通过嫁接形成的。可潭柘寺的二乔玉兰植于明代，足足早了二百多年。可见，人工技术纵是百般巧妙，但始终快不过、巧不过天地之间的造化呀。

○玉兰花

○潭柘寺玉兰

最浪漫的是，在二乔玉兰身旁，还立着一棵清代的白色探春花。白色探春花形似白丁香，开得团团簇簇，好似清人特意种下来与明代的老二乔玉兰为伴。

忽然想起，有些地方也把玉兰叫作望春花的。这京西郊潭柘寺毗卢阁东侧的望春花和探春花，一望，一探，北京城的春意就深了。

[玉兰花茶]

玉兰花本身可入茶，茶性辛温，有助祛风通窍，缓解鼻塞。

玉兰花以紫红色品种为最佳。拣拾掉落的玉兰花瓣，用淡盐水洗净，用线穿起来，晾晒至干。取三至五片晒好的花瓣，置于水杯，冲入开水，盖上盖焖五到十分钟后，即可饮用。也可加入其他茶品中共同冲泡饮用。

谷雨

谷雨，春天的最后一个节气。《岁时百问》中说：「谷雨，意思是『雨生百谷』。这个时节气候湿暖，细雨蒙蒙，百花齐放，百鸟争鸣，最繁华的春日盛景至此呈现。《群芳谱》中说：「谷，得雨而生也。」

正是最繁忙的农耕时节，范成大《蝶恋花》词中描述：「江国多寒农事晚。村北村南，谷雨才耕遍。」

谷雨时节，落红化泥，绿林成荫。开到荼蘼花事了，已是绿肥红瘦。

此时人间最美不过谷雨花——牡丹，花朵秾艳盛放，诉说春之将尽时的草木繁华。赏牡丹最美不过昔日大唐都城洛阳，漫步牡丹园，怀想「唯有牡丹真国色，花开时节动京城」的盛景。

而北川的药王谷，此时丰盛的雨水滋长着峡谷峭壁上的中草药，草药汲取天地间的养分，恣意生长着。

洛阳牡丹记

辛丑年谷雨日，恰逢洛阳城中微雨。蒙蒙细雨中我漫步隋唐遗址，访问人间谷雨花——牡丹。

牡丹又名谷雨花，顾名思义，是指牡丹多在谷雨时节盛放，然而这一年却是例外，许是春暖得早，大江南北人间百花，花期感知暖流，几乎都提前了十来天。到洛阳之前，有朋友说，他们刚刚从洛阳来，牡丹花几乎尽数凋零，已经看不到什么了，劝我不去也罢。我却不死心，好像内心有预感自己不会错过与牡丹的这场约会，照例撑着伞来到隋唐遗址，寻求与牡丹的偶遇。

牡丹在唐代开始被封为百花之王，它的草本姐妹芍药则被封为花相。大唐盛世，上自天子朝臣，下至庶民百姓，皆倾迷牡丹。唐皇李隆基在骊山命人一口气种植了一万株牡丹，色样各不同。牡丹花开之时，杨贵妃带众宫女游赏花间，衣袂飘举，李白有诗云"云想衣裳花想容，春风拂槛露华浓"，刘禹锡诗中描绘"唯有牡丹真国色，花开时节动京城"。白居易的《买花》诗中更可一窥当年京城人沉迷于牡丹的痴态："帝城春欲暮，喧喧车马度。共道牡丹时，相随买花去。贵贱无常价，酬直看花数。灼灼百朵红，戋戋五束素。上张幄幕庇，旁织笆篱护。水洒复泥封，移来色如故。家家习为俗，人人迷不悟。"今人到洛阳隋唐遗址来探寻牡丹，不仅为赏牡丹，也许一并缅怀了那如牡丹般秾艳盛放、花团锦簇的大唐盛世。

○白牡丹

而我眼前的隋唐遗址，昔日的大唐都城胜景早已不再，城池楼阁，万千灯火，皆归于尘土，只剩下今人植就的几何图案现代绿化园林，让人无法借此回溯昔日大唐的风采。雨天的隋唐遗址游人不多，并没有"洛阳牡丹甲天下，花开时节动京城"描绘的人头攒动的热闹，不过却可以在雨中清清静静地寻花，赏花。

路上，偶然见到有三两朵白牡丹开着，其他牡丹果然已任由雨打风吹尽了。唐代诗人王贞白《白牡丹》诗说："谷雨洗纤素，裁为白牡丹。"一直喜爱白牡丹的素洁，雨中的白牡丹更加美得纤尘不染。那半透明的花瓣，挂着晶莹的雨滴，好像白蝶之翼，好像是用最薄的白宣纸裁剪出来的，又好像肤若凝脂的美人挂着泪滴的雪白脸颊，格外令人怜惜。

作别白牡丹，走到牡丹园深处，渐入佳境。原来，牡丹园的园丁为一些名花品种搭上了雨棚，那雨棚下的牡丹竟开得一如往昔般繁盛，丝毫未被近日的风雨侵袭凋败。

仔细看那些品种，晚景竟也不输盛花时，有许多品种都是别处从未见到的，真是大开了眼界。

最稀奇的品种是豆绿，两朵豆绿牡丹花，花瓣内缘是极其鲜嫩的绿，鲜嫩得像可以掐出水，而花瓣外缘却是白，好像用羊毫毛笔晕染出来的渐变色。两枝豆绿花朵一左一右相对，好像在窃窃私语。

接下来是紫斑，花瓣比较细碎，花冠比较大，花蕊处长着紫色的斑点，白中那一点紫，好像多了一笔点睛之笔，多了一股子精气神儿。

什样锦，则是一株花树上开了十种花，有魏紫一般的紫红，有赵粉一般的粉红，有二乔玉兰般的花开两色，一株花树看尽名花颜色，花朵秾艳媚妍，最是令人想起大唐昔日繁华盛景。

没见到姚黄，却看到海黄开成一片。海黄花冠没有那么大，花瓣内缘呈现嫩黄，花蕊则是鲜丽的橙黄，不那么起眼，却自有娇态。

二乔，顾名思义，一花开两色。花瓣格外繁密，红的，白的，白中带红斑的，挤挤挨挨攒成一个双色花球，好像琉璃世界里的白雪红梅一般，既比白牡丹添了些风情，又不像红牡丹那样俗艳。

雪浪，花如其名，同是白牡丹，那花瓣却细碎得紧，好像菊花一般繁密，可不就像激起的雪一般的浪花？

镰田锦，是花瓣内缘粉紫，外缘粉白，花瓣格外舒展的品种，也许是花瓣没那么繁密而更加不禁风雨，花下红土上尽是被风雨打落的一地花瓣。

再其他，有大红者、浅粉者（疑似赵粉），等等，都是我叫不出名字的了，怕说错了品种惹牡丹生气，只好对花背上一句古诗："一枝秾艳露凝香，云雨巫山枉断肠。"

第二日临上飞机前，又去王城公园拜会了"牡丹仙子"，那是一树风姿绰约的粉牡丹，经历了这么多天的风雨，竟还在盛放着。

数数看，这一路看下来的牡丹花，自己认得的品种有七种。忽然想起，欧阳修曾写下一部《洛阳牡丹记》，那书里可记着二十四个品种呢。不知我所见的洛阳牡丹，与欧阳修当年所见，颜色有几分相同？

关于洛阳与牡丹花，流传甚广的一个传说，是武则天和牡丹花结下的一个"梁子"。说是武则天在一个飘雪日子饮酒作诗，乘兴醉笔写下诏书："明朝游上苑，火急报春知。花须连夜发，莫待晓风吹。"百花慑于此命，一夜之间竞相绽放，唯有牡丹抗旨不开。武则天勃然大怒，遂将牡丹贬至洛阳。结果牡丹一到洛阳就昂首怒放，声闻天下，后人起名叫"洛阳红"。

真是不知这一代女皇好好的为什么跟牡丹花过不去。可洛阳牡丹享誉天下，各地慕名者纷纷前来求购，后来出现的几处牡丹产地，无不与洛阳牡丹有着渊源，这却是千真万确的。直到北宋末年靖康之变后，北方游牧民族不懂牡丹的好，洛阳牡丹的胜景便从此没落了。

《洛阳牡丹记》中记载："姚黄、牛黄、左花、魏花，以姓著；青州、丹州、延州红，以州著；细叶、粗叶、寿安、潜溪绯，以地著；一撺红、鹤翎红、朱砂红、玉板白、多叶紫、甘草黄，以色著；献来红、添色红、九蕊真珠、鹿胎花、倒晕檀心、莲花萼、一百五、叶底紫，皆志其异者。""钱思公尝曰：'人谓牡丹花王，今姚黄真可为王，而魏花乃后也。'"这样细论下来，如今姚黄、魏紫今人倒仍可以见到，只是今次访花无缘得见，而其他花品，皆与北宋欧阳修当年所见不甚相同。牡丹花的世界，也经历了一番世事变幻。

欧阳修在《风俗记》章节里继续说道："洛阳之俗，大抵好花。春时，城中无贵贱，皆插花，虽负担者亦然。花开时，士庶竞为游遨，往往于古寺废宅有池台处，为市井张幄帟，笙歌之声相闻。最盛于月陂堤、张家园、棠棣坊、长寿寺东街与郭令宅，至花落乃罢。"可叹，岂止花品不同，那赏花人，赏花的幄帟笙歌、古寺园林宅邸，也一并泯灭于历史的烟尘中了。

再回忆起一路所见，牡丹园大多以单调的几何图形绿化布局，以俗气的大蓝大红遮雨棚做陪衬，相比苏州园林遇见的那些牡丹花周遭的古雅情境，多少还是有些煞风景的。我们对花的审美的高雅追求与境界，也终究是无可奈何地泯灭于历史烟尘中去了。

[牡丹羹]

　　牡丹谢幕时，落花满地，此时可拣拾牡丹花瓣，为自己做一碗冰糖牡丹甜羹，来饯别春天。

　　将新鲜牡丹花瓣清洗干净，撒上白糖腌制一会儿。将莲子用开水浸泡两小时，在砂锅中煮开水，放入莲子后小火煮半小时左右。放入牡丹花瓣和黄冰糖，待冰糖溶化后即可装碗出锅。

　　一起品尝暮春花馔的甜美软糯滋味，以满口清气花香告别春天吧。

药
王
谷

谷雨日，雨生百谷。四川北川的山间颇为应景地下起了绵绵细雨。我与沈姐姐、北川龙头村李书记同行，一道造访北川药王谷。

车开到一马平川的平原尽头，细雨迷离中，眼前陡然竖起一道峰峦叠翠的屏障，这里不是别处，正是青藏高原与四川盆地的交界处，是世界屋脊的起点。那山峦中，隐藏着一座僻静山谷，这便是药王谷的所在了。悬崖峭壁出好药，因为地处山势陡峭的山区，这里自古便是一座丰富的野生中草药宝库。李时珍曾在这里挖掘草药，这也便是"药王谷"名字的由来。

李书记所在的龙头村，是一个羌族人的村落。很庆幸的是，几个村落躲在山坳里，经历了 2008 年汶川地震，却没有遭遇太大损毁与伤亡。沈姐姐便是在地震过后作为志愿者来到这里，接触到当地羌族人和他们"敬天爱物"的古老文化。令我惊讶的是，羌族人依然保留着现已消失的古汉族人许多祭祖、祭祀传统，而且，对于中草药的运用和理解，比我们深刻得多，似乎已经融入他们的血脉和基因里。比如，他们认为万物相生相克，一种疾病产生，周围必有相应的草药可以救治它。你在这个地方的水土环境里生了病，那么方圆几里以内一定有与病灶相克的解药。再比如，他们认为，只有当地的中草药医治当地的病药效才最好，换了地方药效会减弱许多。再比如，他们很少去现代医院看病，总能用山里简单几服草药，医治好几乎所有常见的病。当然，在远离现代生活的大

○药王谷

○药王谷

山里，也不会得什么现代社会滋生的奇怪病症。而山里人简简单单靠着一座大山的草木滋养，竟也大多活得足够长寿。龙头村有三位老人已经一百多岁了。

　　我捡起一根粗壮的树枝作拐杖，跟在李书记身后，穿林打叶，健步徐行，边行边认识了许多中医书上熟知的中草药。这是淫羊藿，那是贯众，可以止血的脱皮杆，可以消炎的鱼腥草，还有野当归、绞股蓝、野百合、杜仲、野大黄、黄连、风寒草……从小就喜欢看中草药图谱，十来岁时就把家里一本《赤脚医生手册》里的草药图谱记个烂熟的我，这一天终于看到这些耳熟能详的中草药生长在山林中的样子，开心极了。上海的友人微信我在干吗，我调皮地回答：我在像李时珍那样在山里采药。爬过几个山坡，忽然感到肚子有点痛，许是前一晚在酒店睡觉肚子受了凉，跟李书记一讲，他就地揪了一根野当归，掰下根让我和水吃掉。真是奇了，没过多久，肚子确实没有那么痛了。

许多年后，借着三星堆的新发现，我了解到羌族人和蜀国人的相承脉络。似乎汉族人和周边少数民族一直是不断融合分裂、血脉交融的状态。这样便不难理解，为什么大山里的羌族人会保留着汉族的古老祭祀文明，以及我们现代都市人似乎已经遗失的敬天爱物理念。

想起友人燕波说起，小时候在湘西南老家，家里有只小猫生病了，病得很严重，她的母亲便把小病猫放到山林里。燕波颇为不解，起初以为母亲是把小猫丢弃了。第二天再随母亲去放掉小猫的地点，发现小猫活蹦乱跳，病已经全然好了！原来，在燕波老家，老人有个说法，猫猫狗狗生病，它们会依照一种与生俱来的本能，在大自然里找到能医治自己病的草药，吃掉后就痊愈了。

中医，大概也是起源于人类的这种"天人合一"的本能，然而，人类几乎是这个地球上唯一脱离了自然，不会按照日升日落时序生活的物种。相对于大山里的羌族人，相对于山里的小猫小狗，现代都市人与自然连接的本能几乎已全然消弭在钢筋水泥森林中了吧。

立夏

立夏，斗指东南，维为立夏，《月令七十二候集解》中说：『天地始交，万物并秀。』

立夏时节，芍药花开，绣球花盛，青梅煮酒，樱桃在盘。新麦熟，蚕豆香，青梅在手。红了樱桃，绿了芭蕉。卷帘低垂，团扇轻摇，熏香袅袅，新茗醰醰。人间盂夏天。

芍药被称为『殿春客』，因此春夏之交芍药盛开的时节，我总想去苏州网师园的殿春簃看一看。而此时，松江『云间第一桥』桥畔的槐树花，也开得正好。

殿春簃

殿春簃，顾名思义，"殿"为排列在最后。"殿春"出自北宋邵雍"尚留芍药殿春风"一句，黄庭坚亦在"花十客"中把芍药称为"殿春客"。"簃"则是指阁楼旁的小屋，多为小书房。所以，殿春簃可以理解为：暮春时节可以透过窗子，看见庭院中芍药芳菲的小书房。如此画面感就有了——多么美！

在姑苏城大大小小诸园中，殿春簃有着掂量起来格外沉重的分量，因为沉淀着太多近代文人学者、书画名流的故事，也因为它曾如一个蓝本，让苏州园林，让中国文人城市山林的魅力一跃而走向世界。

我第一次来到网师园殿春簃，就是在牡丹与芍药竞相争妍的暮春时节。殿春簃隔壁的露华馆，各色江南牡丹姹紫嫣红开遍，间或有早开的芍药盛放其间，忙煞了看花人。同样是以暮春风光为题，仅一墙之隔的殿春簃，相对安静了许多。

走进殿春簃的独立小院，但觉庭院开阔，内容又不失丰富。庭院一侧叠石为台，台中种植芍药，应和了"殿春簃"的好名字。庭院迎面，石头垒起的台子上，是一座半亭，名为冷泉亭。亭子的左边，庭院西南角叠石垒砌了一眼洞窟，隐蔽着一泓清泉，站在泉水边的湖石上，可观赏游鱼嬉戏，名为涵碧泉。庭院南面，在一段粉墙前，立起一块形神俱美的太湖石，远远望去，如同粉墙黛瓦前的一幅山石水墨画。冷泉亭对面墙边的湖石，则垒起合一个人钻进去的洞窟。小小庭院，半亭、湖石、

○芍药

假山、花坛、清泉俱全，有着明式园林的雅致风韵，简洁利落而不失趣味。

庭院北侧，便是网师园中的小小书斋——殿春簃建筑体了。张善孖、张大千兄弟曾在此寓居，也因为他们，这里成了民国时代百多位文人学者、书画名流雅集的所在。

书房的窗正对着庭院，陈列着明式书案、书架、卷缸等家具与物件。透过建筑的另一侧窗洞，可以看到殿春簃北侧咫尺空间的小庭院，庭院里植有竹、芭蕉、梅、山石，由着窗框作画轴，形成一幅写意小品画，四时皆妙品。

中厅里，则陈列了张善孖、张大千兄弟的字画作品，记叙了当年兄弟二人寓居网师园的旧事。

上世纪三十年代，张善孖、张大千兄弟寓居网师园长达五年之久，在网师园中相互切磋画艺，广交师友，谈文论艺。殿春簃为昆仲二人会客、作画的所在，章太炎、徐悲鸿等名流是堂上常客。张善孖喜欢画虎，在网师园中豢养了一只老虎，名为虎儿，常常为虎儿作画。

我几次来网师园，都没注意到殿春簃中是有虎儿墓碑的，直到又一年，殿春簃冷泉亭旁的紫薇花开得正繁密的时节，我和东来、渡边老师重游网师园，在那树紫薇花和假山石背后，靠近殿春簃的一面园墙上，看见了由张大千亲自书写的墓碑——"先仲兄所豢虎儿之墓"。抗战爆发后，兄弟二人离开了网师园。张大千先生后来辗转到了台湾，时常怀念网师旧居度过的时光，缅怀兄长与虎儿，于1982年题下这块碑刻寄到苏州，网师园便把这块碑镶嵌在了殿春簃这面西墙上，供我等后人观摩。

2018年的一天，我被建筑师甘泉喊去他的新工作室喝茶，恰巧他同济建筑系的同窗也在，说起来，竟是陈从周老先生的徒孙。这一年，刚好是陈从周老先生一百周年诞辰。大家都是有苏州园林情结的人，便津津乐道地聊起苏州的园子。说起旧人旧事，谈及陈从周老先生最爱的两座园子，其一便是苏州的网师园，其二是同里的退思园。

陈从周这个名字，也许大多数当代人听上去有点陌生。但在建筑界，这是一个与梁思成齐名的名字，人称"北梁南陈"——北有古建筑学家梁思成，南有古园林大家陈从周。

○殿春簃一角

　　我们有时会有种错觉，以为我们常去赏游的古典园林一直都是这个样子，其实看过民国时代的老照片，才知它们曾经如风吹草絮般破败不堪，如今能以不失古典风格与文人底蕴的面貌焕然一新呈现在我们面前，背后，饱含着陈从周老先生这些老一代建筑大师们顶受着压力付出的护园、造园的心血。苏州的拙政园、网师园、留园、环秀山庄、虎丘塔，扬州的何园、片石山房，上海的豫园，杭州的西湖郭庄……均是由陈从周老先生当年护救下来的。

　　中国园林蕴含着丰富博大的人文知识，而陈从周先生正是一位潜入到中国文化深海中的拾贝人，除了园林，他还擅长书画、诗词、散文，酷爱昆曲，许多人说他是杂家，可他的"杂"都是大师级别。

　　1946年，张大千看过陈从周的一幅山水习作，便收了他做自己的入室弟子。这段师生因缘，也促成了网师园殿春簃日后作为中国苏州园林的蓝本，走向世界。

1978年，纽约大都会博物馆顾问到上海参观访问时提出，要会见对中国建筑有精深研究的专家，因为纽约大都会博物馆收集了许多中国明代家具，一直想把它们陈列出来，但不知道放在什么场景、如何陈列才比较合适。于是他被安排会见了陈从周先生。陈从周见到这批明代家具的照片时，一眼便认出，这些都是画室里使用的家具，桌子是画案，柜子是用来存画的。他自然而然想到了殿春簃，想到了恩师张大千在那里的书房。于是，在陈从周先生的推荐下，以殿春簃为蓝本的中国明式古典庭院"明轩"的设计方案浮出了水面。方案送到美国后，贝聿铭和许多建筑专家一同审稿，给予了高度赞誉。

为了保证明轩建造的顺利进行，陈从周先在苏州东园的一片空地上，以1:1的比例建造了一个明轩的实样，为此工程，苏州恢复了陆墓御窑以烧制砖瓦。之后，整整近二百箱的构件漂洋过海，1980年3月，中国传统古典园林"明轩"终于在纽约大都会博物馆亮相于世人面前。楠木轩房、假山、半亭、花木……一切与殿春簃的庭院如此相似，宛如殿春簃的孪生姐妹。小小明式园林在美国引起了轰动，美国总统尼克松、国务卿基辛格数度前往参观，各地前来参观的民众更是人头攒动。中国园林美学的集大成者——苏州园林，从此在世界遍地开花。之后，加拿大温哥华建造了逸园，新加坡建造了蕴秀，美国纽约建造了寄兴园，美国波特兰建造了兰苏园，等等，无一不是以明式苏州园林为蓝本。陈从周从此被美国人誉为"现代中国园林之父"。

一座殿春簃，浓缩了多少民国画坛旧事和现代园林秘史。

那殿春簃中盛放的芍药花，是老一辈画家与建筑大师，为中国古典文化与文人美学的暮春晚景吟唱的诗篇，是为中国园林美学的传承有序和传播海外而绽放的媗妍生机。

云
间
的
老
槐
树

　　仲春时节，在好友喜宝的新花艺工作室里，与喜宝、翟老师把酒倾谈，说起中国人的"风骨"与"风流"，不由提起明末清初柳如是、陈子龙、钱谦益旧事，一时三人起了兴致，相约某日一道去坐落于松江的"云间第一桥"——当年陈子龙投江之处祭拜义士。

　　是日正值五月，三人先在方塔园参观宋塔和冯纪忠先生的建筑作品——方塔公园，遂又在惠风和畅、丽日芳甸中野餐，最后掐好了夕阳西沉的时刻，来到云间第一桥。沿着玉树路桥边的古浦塘河岸向西前行，经过三岔水路后，远远望见夕阳下一座三孔石拱桥屹立在河上——这便是当年出入松江的要道，陈子龙跳河的地方，云间第一桥了。

　　桥始建于宋代，初时是一座木桥，名安就桥，在明代某年一次端阳节，因百姓挤在木桥上看龙舟，桥超重坍塌了。我们如今眼前的石桥，即清初陈子龙投河时的石桥，是在明成化年间重建的，当时，也是松江最大的一座桥，是出入松江的要道，被称为"云间第一桥"。

　　只见桥头有一座石凉亭，名为祭江亭。凉亭外，有一棵高大的老槐树，乳白色的槐花，正一朵压着一朵，开得饱满鲜嫩，像夕阳下的一对对白蝴蝶，纷飞于枝叶间。

　　那槐花，令这云间第一桥的风景有了丝丝生机与暖意，好像陪伴着明人义士的英魂，隔着时空开出抒怀的歌颂的花朵。忽而想到，这"槐"字，本身构成是"一木一鬼"，被中国人称之为鬼木，那这云间第一桥桥畔槐

○祭江亭

木的树枝与花串儿间，莫不是真的有陈子龙英魂飘游其中？

我们三人走过石拱桥，行至对岸河边一张小石桌旁坐下来。翟老师取出梅花酒，三人各斟一杯，第一杯，洒向江中，以祭奠陈子龙英魂，第二杯之后，三人对饮，时而倾谈，时而望着江面发呆。晚风吹拂我的发梢，轻轻打在脸上。

望着对岸的老槐树，我想起那日我们三人谈及的话题——中国人的"风骨"和"风流"。

翟老师讲起一位日本近代茶人的气节，故事情节与我小时候读过的一则印象特别深刻的春秋时代的故事很相似，而那个故事，也和槐树有关。那故事讲述春秋时期一位刺客钼麑奉晋灵公之命，半夜刺杀大臣赵盾。钼麑潜伏在大臣府里伺机行刺，却发现这位大臣行为忠义仁厚，端坐等待上朝，刺客心里大惊：这是忠义之臣，刺杀忠臣为不义，不奉命行事又为不信。于是大喊一声："我钼麑宁愿违命，也不愿杀忠臣，今日只好自杀谢罪，相国多加小心后来人！"说罢，便撞死在门前一株大槐树上。

槐树，在中国文化中，本身具备庄重、忠诚、信义、仁爱等文化内涵。在周代，朝廷特地种植三槐九棘，公卿大夫们议事时就分坐其下。左九

○梅花酒祭英魂

棘，为公卿大夫之位；右九棘，为公侯伯子男之位；面三槐，为三公之位。因此世人就以"槐棘"来指三公九卿之位。所以故事里赵盾家门前，便是有槐树的。而钼麑之所以触槐而死，我想是因为他陷入了"忠"与"信"的抉择，因为槐树是忠诚与信义的象征，义士才想到触槐而死，来成就寄托自己的"忠"与"信"的气节。

这则故事对童年的我来说，引发了内心极大的震撼，是我对中国人"风骨"认知的启蒙。那时便明白，有风骨的中国人，把"义"与"信"看得比生命还重要。

眼前汤汤河水葬着陈子龙的英魂，也恰恰是中国人的风骨与义气的写照。喜宝说，在柳如是心中，陈子龙比钱谦益分量一定高得多，陈子龙投河誓死不降，而钱谦益却降了清，去北京上任做了贰臣，柳如是一个曾沦落青楼的柔弱女子，大义却看得分明。的确，陈子龙在云间第一桥毫不犹豫地纵身一跃，钱谦益却在柳如是与之相约投河殉国赴死时，说出一句："水太冷了。"二人已高下立判。钱谦益赴京在清廷上任，纵有作为亡国时代知识分子继承文脉的考量，在情感上，也未能被当时的义士完全理解与接受。而柳如是听罢钱谦益怕水冷的说辞，失望透顶，

○云间第一桥

愤然独自投河赴死，被救起后拒绝跟随钱谦益赴京，坚持与抗清义士结交，虽为女流，与陈子龙、郑成功一样，堪为中国人"风骨"的代言。这大概也是柳如是的格局比陈圆圆、董小宛等其他秦淮八艳更高的缘故吧。

　　谈罢了"风骨"，又说起中国人的"风流"。翟老师说，风流一词本与情爱无关，源于"魏晋风流"，应该说是"有才气而不拘礼法"吧。我第一次见喜宝时就聊起过这个话题，我们达到一个共识：你不能以世俗的标准去禁锢一个艺术家、作家、文人，否则无异于扼杀其创作原动力。喜宝言，艺术家往往是情感最纤细、自由而敏感的一群人。我则觉得，一个真正在感知生活的人，定然是对自己的内心诚实的，定然勇于面对自己真正的喜乐与热爱，而不被世俗观念所束缚。无论陈子龙还是钱谦益，都已有家室，但陈子龙不畏闲言，把出身秦楼楚阁的柳如是视为红颜知己，钱谦益更是不畏身份之别、年龄之差，以匹嫡之礼，光明正大地迎娶了柳如是，柳如是也不以出身矮化自己，坦然接受钱谦益这跨越身份与年龄的真爱。从这个角度讲，陈子龙、柳如是、钱谦益、冒辟疆、董小宛、侯方域、李香君……这些晚明江南才子才女，是真正生动的不拘礼法的"风流"人物。

风流也好，自由也罢，艺术家、作家、文人最难得是保持内心的清明和诚实，这种更深层的感知力大概也直接决定了一个艺术家的造诣吧。

一番闲谈后，我们慢慢走回云间第一桥，走到拱桥的最高处，夕阳最后的余晖刚好落到河面。我和翟老师依靠在桥上的石栏杆，背对着夕阳坐下来，看着河水在渐渐昏暗的夜色中流过。

桥上有几位爷叔在纳凉，与我们攀谈起来，听说我是从上海市区来的，热心说道："这座桥，当年可是乾隆爷走过的哩！"

原来历史推演到今朝，人们最终记住的不是抗清义士陈子龙，而是那清朝皇帝的光顾。人们的立场终究会被大环境潜移默化地转变。平常百姓只求平安过好自己的小日子，才不会过多关心谁来做皇帝。这其中，似乎没有对错。

而那些中国人的"风骨"与"风流"故事，却着实动人，如那河边老槐树白色的花串儿，年年如期绽放，在夕阳下闪着莹白洁净的光芒。

[槐花饼]

槐花入馔，有蒸槐花饼、槐花炒蛋、槐花包子等多种做法。个人偏爱蒸槐花饼，既清淡又能保持充足的槐花养分。

将采摘好的新鲜槐花花朵从花串上撸下来，放入清水中洗净。加入四颗鸡蛋，适量盐与白胡椒粉，搅拌均匀，再少量多次加入面粉。面粉不需要太多，令每一朵槐花裹上一层面浆，起到黏合槐花的作用即可。将槐花团成一个个球状，压成圆饼形状，放入蒸笼蒸熟，出锅后即可蘸取自己喜欢的调料食用。

小满

小满，《月令七十二候集解》中说：「四月中，小满者，物至于此小得盈满。」

小满，最有哲学意蕴的节气名字。天地之间盛极必衰，满极必损，因此盛极之前的小满是最好的时刻。传统儒家也讲究中庸之道，忌讳「太满」「大满」，有「满招损、谦受益」「物极必反」之说。

小满时节，榴花照眼明，枇杷半坡黄。「晴日暖风生麦气，绿阴幽草胜花时。」

这时苏州东山、西山，千岛湖小岛，江南处处枇杷尽染金黄，挂在树枝上，甜蜜的汁水，挑动着年年期盼它们的人们的味蕾。而此时山林中的油桐花开得最好，落在溪谷里、小路上，层层似雪。

小满枇杷半坡黄

小满枇杷半坡黄。这样的景象，我是在庚子年小满时节，在千岛湖中的小岛上见到的。犹记得在初夏阳光下，远远看见满山坡的枇杷树上挂满金黄色的枇杷，在阳光下闪着橙黄的点点星光。

那真是果香味的初夏记忆中最闪亮的"小得盈满"好时光呀。

我和友人们揩去口水，欢呼雀跃跳下车，直想冲进山林，采它个几篓筐，然后坐在枇杷树下大快朵颐。岛上的茶人赵老师沉着地说：不慌，山下仓库里有摘好的！

怎么形容我吱呀一声推开那扇仓库大门，看见阳光投射进仓库时所见的心情呢？我想跟海盗发现了百万金银宝藏的心情没什么差别——整座仓库地上堆满了一篓筐一篓筐刚采摘好的枇杷，堆得金山银山一样。我们没见过什么世面的城里人一齐大声欢呼起来："哇——"我犹疑地问赵老师："真的可以随便拿么？"赵老师说："嗯，随便，能拿多少拿多少。"

那我们就不客气了！

一手一筐拎走。这时，一边剥枇杷丢嘴巴里，一边搂着枇杷筐的宁宁，走过来好心对我讲：你应该先吃，再拿，先把胃填满，再拎走两筐，这样你又多享受了一番"当下的美好"，懂了么？

对哦！

开始心无旁骛地蹲在仓库地上剥枇杷吃，手摘一颗，塞进嘴里，呀，好像冰糖一样甜，完全不是在上海"当日采摘，顺丰直达"吃到的枇杷

○ 枇杷

可比拟的鲜甜！还有什么比守在山林田野吃现摘的鲜甜蔬果更幸福的事呢？

千岛湖白枇杷个头大，水分多，酸酸甜甜。然而，不知怎的，相对这样鲜明的酸甜，我却对赵老师工作室金黄的老品种枇杷的味道记忆深刻。老品种枇杷是岛上枇杷的原住民，个头小小的，核比较大，颜色泛金黄，入口却有满溢齿颊的枇杷特有的清香。

遂想起两年前四月初去苏州西山考察，西山的朋友提起苏州的老品种枇杷——荸荠种，说那是他们小时候熟悉的枇杷味道。苏州枇杷目前主要有两个品种，东山"白玉"、西山"青种"，在苏州太湖各踞一个山头。它们都是白沙品种。而朋友说，荸荠种是西山最早的原始品种，果形小，甜度大。

就好像当年杭州西湖茶树被拔掉，种上了43号一样，各地的水果园地，往往是高产快熟名气大的品种渐渐侵占其他品种的生存空间。可每个品种果物都有它自己的特别味觉，自然的果园应该是要百花齐放、丰富多元的吧。

尤其是那些其貌不扬的老品种，往往藏匿着，记忆中小时候的味道。

[枇杷膏]

枇杷好吃，在食疗中也是一宝。用枇杷果熬制枇杷膏，有助清肺润肺，缓解肺热咳喘。

将枇杷果洗净，去掉皮和籽，把果肉放置碗中，加入冰糖——冰糖和果肉的重量比例是1:2。将冰糖和果肉混合搅拌在一起，腌制三十分钟。将枇杷叶打成碎末备用。把腌制好的果肉倒进锅里熬煮，过程中需要不停搅拌，并放入枇杷叶，也可适量加入川贝粉。等果浆熬成浓稠膏状后，即可用小罐子盛放起来保存，冷藏保质期约一个月。

五月雪

五月的天空，当然不会下雪。"五月雪"，是盛开在五月山野的雪白油桐花的别称。

每年五月，浙江山野幽绿的山峦间，便冒出一树一树的雪白花树，远远看去，像绿毡子上绽开的雪花，那便是五月雪——油桐花了。

然而，如果你在五月行至山野，能够偶遇一树满开的油桐花，那也是极其幸运的事。油桐花花期极其短暂，耐不得风雨。只消一阵初夏的急雨飘过，便足以随雨打纷飞去，留下一地落英缤纷。所以一季油桐花的花期，似乎与那一年的天气十分相干，多则七八天，少则两三天，这一季的花便落幕了。

我们便是这样幸运的人。早听友人说起，千岛湖的一座小岛上，有一位茶界老前辈，隐居在那里潜心做茶，我便和友人们相约一起乘船上岛去拜访老茶人，结果遇见岛上油桐花开得正正好。

千岛湖上烟雨空蒙，小船在湖上划出一道波线。江南的山水如同董源的画，自有一种温柔、水润。老茶人赵老师做茶所在的姥山岛，就位于这一波烟水之间。船行将靠岸时，赵老师和他的德国黑背黑虎已经在岸边的阶梯前迎候了。赵老师驾驶着高尔夫球车，一路带我们穿过茂密森林中的崎岖山路，黑虎一路狂奔跟着我们。迎着初夏凉爽的山风，嗅着几百年的老树散发的气息，我们在山间小路穿行，一路时常见到有油桐花绽放，在路边落下一片雪白。

待到车行至一座山谷，远看那山谷间油桐花如雪般开得团团簇簇，而近观，在一树硕大的油桐花树的荫蔽下，一间茅屋、一栋小楼已出现在眼前，这便是赵老师隐居在小岛上的世外桃源了。

放下行李，简单拾掇，我们连忙跑出去看油桐花。树上，一团团，一簇簇；地上，是一朵朵，一瓣瓣。细看那油桐花，每一朵有五片花瓣，花芯儿是鲜红色的，连带着丝丝红色脉络，延展到雪白的花瓣上去，洁净、清丽。我采来三朵油桐花，为小童、宁宁和我自己每个人头上插了一朵，这是我们作为一日岛民从自然与季节采撷的最美印记。

午后一行人来到小茅屋——赵老师的茶室俭庐。赵老师为我们沏好一杯一杯绿茶，茶叶在水中渐渐舒展开来，话题也随着茶香在一方茶室蔓延开来。赵老师是浙江农业大学茶学系"文革"后第一代大学生。说起渊源，是我在浙江大学学茶审评时院长与老师的师兄，所以我应该唤他为师伯了。但他喜欢自称为茶农，在千岛湖姥山岛这块与世隔绝的天然、干净、原始的茶园隐居，这一归隐，就是十几年的光阴。十几年来，他与岛上的野茶园为伴，坚持不除草、不修剪、不施农药、不施化肥。赵老师说，植物和人类都是万物生灵中的一部分。若要保持茶的健康状态，便要尊重自然法则，克制人为干预，保持原生态，让茶树与乔木、灌木、杂草和谐共生，去自然成长。他那一届同学里，有在政坛平步青云的，有在高校桃李芬芳的，唯有他，乐得在岛上这一方天地里与茶园、与自然共生，每年看油桐花花开花落。

晚间吃过赵老师做的农家菜，岛上万籁俱寂，睡得颇安稳。到了午夜，忽然听得有风雨敲窗的声响，原来是湖上忽然飘来一场瓢泼大雨。

早上推开房门，我立时被眼前的景象惊呆了。只见昨日所见小楼前的油桐树，又被风雨吹落一大片桐花。清晨山路上没有车碾过，那桐花就层层叠叠，铺满了山路，铺满了石阶，好似落了一夜大雪！可这雪，因为有着草木灵魂，而比大雪更有情味。

这不就是"五月雪"吗？

我踱步到小溪间，小溪上也覆盖满了油桐落花，随着水波逐流，有一番自生自灭于自然的逍遥自在。我捧了一把溪水与落花，看着莹白花

○五月雪

○油桐花

瓣和着溪水，在五月阳光下闪着晶莹的光芒。

　　到了离岛的时间了，我们恋恋不舍上了船，回头望见赵老师伫立在岸边，向我们招手致意。远山间，油桐花寂静地开着。离别之情，尽在不言中。

　　油桐，因为可以制漆，曾经是中国人重要的经济作物。旧时的蓑衣、油纸伞，也需要大量涂抹桐油。而今，跨入现代社会，无论是漆，还是伞，还是雨衣，都已然有了其他替代品，油桐渐渐被人类淡忘，退隐到山野间，融于自然。

　　可谁又晓得，那归隐在山野间自由地生长不息、寂静地花开花落的油桐花，活出的不是最大的自在呢？就好像那摒弃人间的浮光，甘愿选择在小岛上归隐的人一样。

芒种

芒种，《月令七十二候集解》中说："五月节，谓有芒之种谷可稼种矣。"芒种开始的这一个月，称为仲夏。

"时雨及芒种，四野皆插秧。家家麦饭美，处处菱歌长。"陆游的诗如是说。芒种，黄梅时节雨纷纷。蛙鸣庭草，田畦农忙。

民间也有在芒种祭花神的习俗。开到荼蘼花事了，到了芒种，百花凋零，人们便在这一天祭祀花神，饯送花神归位，同时表达对花神的感激之情，盼望来年再次相会。

暮春初夏的百花中，江南的凌霄倒是独占墙头，葳蕤繁茂，可以一直开到秋天去，令江南的夏与秋亦不寂寞。每年这时节，我便踏遍园林与小巷，寻访凌霄花的踪迹。

艺
圃
四
季

　　小小姑苏城，名园几多，我却对隐藏在深深小巷里的艺圃情有独钟。这里像是我安放精神世界的小小山林，与上海不那么远，也不那么近，可以刚刚好随时拂去我从都市里携来的一身尘土。

　　每次在上海大都会钢筋水泥森林生活中积攒了一堆的压力与疲累，我便会拎着一篮子茶具，或者与二三友人，或者孤身一人，坐着动车到苏州，行至深巷里的艺圃，穿堂走巷，在水边的延光阁窗前坐下来，沏一壶茶，点一份瓜子，笃悠悠地品饮。一边喝茶，一边看着池塘上的莲叶田田，游鱼袅袅，远处的假山嶙峋，松树婆娑，月亮门把倒影洒在湖面上，随着湖光飘摇，那湖光反射的波光粼粼便映在粉墙上。就这样，看着这无谓的光景小半天，人的身心，便轻了。

　　因是艺圃常客，如此一来，便自作主张、自作多情地，把艺圃看作家一样熟稔的所在。来到艺圃就像逛自家后花园一般，为了确凿这个事实，脑海中还多了些臆想。比如，进了园子看见哪里打理得不够好，直想"唤管家来听话"；看见哪里花草没有修剪，便要"吩咐园丁几句"。待到园子中有名花盛放，和友人一起来赏花饮茶，那就是"请友人到寒舍来共此良辰美景了"。直到后来，友人们也乐得配合我演戏，直呼我为"精神上的苏州人"，时常嚷嚷着："要到你家院子喝茶去。"

　　多么感谢小小艺圃，年年岁岁，周而复始，报我以花木葳蕤四时胜景，令小园子从不寂寞。

○艺圃六月的凌霄花

可看、可取的花木景物实在太多了，暂且就特别说起艺圃那四时变换中印象最深刻的两个角落吧。

第一处，是进得艺圃园子后，左拐行至的一段粉墙小巷，这里四时都有不同花木风景，我称其为"花廊"。

晚春、芒种时节的花廊，是"水晶帘动微风起，满架蔷薇一院香"的写照。那粉墙上攀着的粉紫蔷薇，百朵千朵，重重叠叠，随风摇曳，在阳光下开得分外明媚。忽而听得雀儿几声啾鸣，从耳边飞起，顺着雀儿飞去的方向看去，见它们已经飞过院墙上高高的蔷薇花去了，不禁喃喃地吟诵道："百啭无人能解，因风飞过蔷薇。"

夏日的花廊，是"促织声来竹里，凌霄花上松梢"。花廊，俨然变幻为凌霄花的天地，小小凌霄花，个个成群结伴，垂着头，吹着橙色的小喇叭。你会惊叹，不过一个来月的光景，这粉墙上的花怎么竟齐齐刷换了颜色呢？如果这时从另一侧的庭院里透过木门，向这边花廊看去，便是："庭

○艺圃花廊的蔷薇

院深深深几许。"

秋日的花廊，凌霄花的热闹也沉寂了。春华秋实，那粉墙上攀缘着的枝叶藤蔓中，你细心看，会发现结着几颗红果子。

冬日的花廊，那昔日的枝叶藤蔓也枯萎了，留下根根分明的褐色藤蔓在粉墙上，书写着一年花木经过的痕迹。而此时鼻子尖儿上，似乎闻到湖上飘来的若有似无的蜡梅幽香。

第二处，再说说那湖边的月亮门吧。

立春时节，湖边的宫粉梅花盛放，透过粉色梅花花枝望去，那月亮门便沐浴在新岁阳气初生的生机与新年的祥和气氛里。

夏日里，那月亮门四周的粉墙爬满了碧绿的爬山虎，整座月亮门便淹没在森绿的波涛里。一阵风过，那爬山虎的叶子形成的波涛也随波荡漾着。投向湖水中的倒影，也是森森然的绿，于是满眼皆是浓得化不开的绿意。一阵大雨掠过，把那绿意浇得更加湿润，更加幽深了。

秋日里，枫叶红了，月亮门的周围便有了属于秋的斑斓。

冬日里，月亮门四下沉寂，那墙上曾经密密匝匝的爬山虎，也空留黑色的藤蔓和爬痕，可透过月亮门看去，光影处，正有一树娇黄的蜡梅绽放，隔着湖水，似乎便已嗅到蜡梅的香。正是林和靖诗中意境："众芳摇落独暄妍，占尽风情向小园。疏影横斜水清浅，暗香浮动月黄昏。"

每一年的不同季节，我都会在小巷子中站一站，留下一张照片做纪念。那满墙蔷薇与凌霄，便也如同老友一样熟稔。年年岁岁花相似，岁岁年年人不同。攒够几年后回看，相册中的风景随着四季流转，几度轮回，在花木的见证下，自己的头发长了又短，短了又长，但似乎神情中越发少了一分青涩，多了一分花木下的自洽自在。那花木在我们未曾留意的细微之处，起着变化，根也向土地伸展了几分，叶也在墙上攀爬过几分吧。

我们在时光的闲适缝隙中，无意间与小园中草木共同走过了一把岁月。

东山魁夷曾说："日本自然之美，一言以蔽之，存在于四季应时的细微变化之中。"我想那四季的变化，也是随着一年又一年的时光叠加的，我眼中的小小艺圃也如是，我们自己的生命也如是。

虎丘寻凌霄

　　一年春日，一位友人向我推荐去虎丘看凌霄花。在他的照片里，一大簇凌霄花骑在一段明黄色的院墙上繁盛地开着，凌霄的暖橙映着院墙的明黄，比昔日常去看的苏州艺圃的凌霄要热闹许多。

　　于是就记住了"虎丘有好看的凌霄花"这件事，也对自己许下一个约定——七月去虎丘看凌霄花。

　　第一年夏天，人浮于事，生生错过了这个约定。

　　第二年盛夏的一天，特意起个大早，赶到虎丘来寻找这树凌霄花。进得虎丘，拜谒真娘墓，独坐花雨亭，造访云岩寺，最后来到虎丘塔下瞻仰虎丘塔，一路下来，竟然连一朵凌霄花的影子都没看到。从手机里翻出友人那张照片，去问园区的商店店员，几位店员把脑袋凑在一起研究，有的指东，有的指西，到头来都搞不清是哪里，最后回复我："不知道。"

　　连天天在虎丘上班的店员，理应对虎丘最熟悉不过的人都不晓得，难道是我上当了？

　　几乎已经接受了这次来虎丘"寻凌霄不遇"的现实，我按照原路返还，悻悻地下山了。走到来时的入口大门，保安伸手向右边指去，说出口在另一头。于是沿着山根小路走过百来米，跨过一座小桥，出了虎丘，又拐了几道弯。

　　——迎面忽然出现一道仿佛熠熠生辉又似曾相识的风景，在对面一

○虎丘寻凌霄

○虎丘寻凌霄

座拱形门洞的山门旁，道路左边一段明黄色的院墙上，一大簇凌霄花正在繁盛地开着，蓊郁，葳蕤。正是："天风摇曳宝花垂，花下仙人住翠微。"凌霄的暖橙映着院墙的明黄，是夏日能够凝聚出的最繁荣浓郁的色彩……

　　原来，这丛凌霄花是在虎丘出口外一段院墙的最尽头处，因为虎丘的工作人员有专门的通道，怪道他们长年在此工作，并不知晓这样的绝妙赏花所在。

　　仿佛听见天上对整个过程有所体察的神明对我讲：你倒是有点耐心啊。

　　喜欢凌霄花，有几分原因是因为这名字。这也许是水陆草木柔弱花

○凌霄花

木中最具有"凌云之志"、永远积极乐观攀缘向上的花木了。凌霄最初并不名为凌霄,在《诗经》中称为"陵苕",《小雅》词条中所述的"苕之华,芸其黄矣"中的"苕"所指便是凌霄花。"凌霄"这个名字,首见于《唐本草》。

　　凌霄花与紫藤、忍冬及葡萄并称四大传统藤花,它常常依附于其他树木,攀援其上。诗人们对于凌霄花的歌咏,多借以表达自己高洁远大的志趣。陆游曾写就《凌霄花》一诗:"古来豪杰少人知,昂霄耸壑宁自期。"意为,古来豪杰并不求出名,那凌霄的志向只是为了成就对自我的期许而已。宋人贾昌朝便作《咏凌霄花》一诗:"披云似有凌霄志,向日宁无捧日心。"说的也是凌霄花虽然有与白云齐平的崇高志向,却没有趋炎附势追捧太阳的心思。曾有人把凌霄比作"势客",寓意凌霄擅长借势生长,而两位宋人笔下的凌霄,分明有十分精神追求的纯粹,十分的骨气,那是由花观照的文人清明的内心世界。

　　可唐人白居易却不待见凌霄,作了一首长诗《有木名凌霄》,称其为:"自谓得其势,无因有动摇。"可蔷薇花也擅攀援,白居易却深情款款地把蔷薇比作自家夫人,写下:"少府无妻春寂寞,花开将尔当夫人。"你说白居易算不算双标?或许白居易笔下写凌霄为虚,借以讽刺时局官场中的趋炎附势之辈,才是实意,只是这凌霄花平白背负了骂名罢了。

　　这令我想起易学中对八字为日元乙木之人的阐述,便用了"藤萝系甲"一句。我便是乙木人,乙木是柔弱花草,甲木是参天大树,乙木人身如藤萝,缘甲木的清瘦坚韧,扶摇直上,极目四野,享受春有百花秋有月的境界,但又不会喧宾夺主。诗人舒婷也对凌霄相当不待见,立志扬言不要学凌霄花那个攀缘样子,要做一株木棉,平头并进地和人家橡树站在一起。想法蛮好,但说到底还是没看透宇宙"阴阳和合"之理,不然宇宙万物为什么都是负阴抱阳,一阴一阳,才会达到圆融和谐呢?

夏至

夏至，日光长至、日影短至，故曰夏至。《月令七十二候集解》中说：『五月中，夏，假也。至，极也，万物于此皆假大而至极也。』

夏至是二十四节气中最早被确定的一个节气。从汉代起就有过夏至日的习俗。《辽史》礼制记载：『夏至之日谓之朝节，妇女进彩扇，以粉脂囊相赠送。』

夏至，夜至短，昼至长。塘头荷花含苞，庭院有蝉鸣。岭南荔枝剔透，浙东杨梅红手，解暑不过酸梅汤。竹扇布帕携手游，细雨庭院嗅茶香。

此时江南的荷花开了，在苏州拙政园，在杭州西湖，在浙江山野中的荷塘……正是与荷花对坐，品上一杯《浮生六记》中芸娘的荷花窨茶的良辰佳时。

与文徵明周瘦鹃赏荷

夏至时节,随手从书架上抓了一本去岁在苏州钮家巷旧书铺买的《苏州园林文选》,拎上茶篮子,手持窨着一泡银针茶的一枝荷花花苞,坐上动车,到苏州拙政园看荷花去。

坐在动车上,无聊闲翻书,第一页就翻到文徵明的一篇《王氏拙政园记》。读那文字,得以一瞥明时拙政园初建成时的样貌,什么繁香坞、小飞虹、芙蓉隈、小沧浪亭、听松风处、蔷薇径、玫瑰柴、槐雨亭、芭蕉槛、竹涧……只读到文徵明行云走笔罗列的园中小景名字,便已觉得齿颊留芳,不由去畅想当年园林中可赏可依的是怎样的清幽殊境了。这些名字中,小飞虹、得真亭、小沧浪亭犹在,其他大多已与我们今日的拙政园没有多少重叠。不知文徵明先生笔下"植莲其中"的水花池,和今日的远香堂前荷花塘是否同一处?

第二篇,翻到了民国时代周瘦鹃的一篇《观莲拙政园》。于我,不过只翻过一页纸,人间已过去了四百多年。周瘦鹃先生写道:"拙政园的水面,占全园面积的五分之三,池水沦涟,正可作为莲花之家,何况中部的堂啊、亭啊、轩啊,都是配合着莲花而命名的,因此拙政园实在是一个观莲的好去处。例如远香堂、荷风四面亭、倚玉轩,还有那船舫形的小轩香洲,以至西部的留听阁,都是与莲花有连带关系,而可以给你坐在那里观赏的。"嗯,毕竟是与我只隔着六七十来年的光景,周瘦鹃笔下的,是我熟悉的拙政园了。

○与文徵明周瘦鹃赏荷

周瘦鹃先生又说："远香堂西邻的倚玉轩，与船舫形的香洲遥遥相对，而北面的斜坡上有一个荷风四面亭，三者位在三个角度上，恰恰形成鼎足之势，而三处都可观莲，因为都是面临莲塘的。香洲贴近水边，可以近观，倚玉轩隔一条花街，可以远观；而荷风四面亭翼然高处，可以俯观，好在莲花解意，婉娈可人，不论你走到哪一面，都可以让你尽情观赏的。穿过了曲桥，从假山上拾级而登，就见一座楼，叫作见山楼，凭北窗可以看山，凭南窗可以观莲，并且也可以远观远香堂后的千叶莲花了。"读罢不由心驰神往。好一个多角度的、立体的、情境融入的赏荷妙境。

动车开进苏州了，赶紧合上书，这么一合，人间又过去了六十多年。现在是 2020 年 7 月 18 日，我的赏荷之旅开启了。

走进拙政园，兜兜转转，穿过乏善可陈的东园，来到拙政园精华所在的中园，站在梧竹幽居，眼前已可见池塘上莲叶田田，莲叶上有荷花翩翩伫立。只是这里视角所见，小荷塘略狭窄。沿着荷塘走到远香堂，眼前的风景才开阔起来。"唯有绿荷红菡萏，卷舒开合任天真。"荷花塘上荷花亭亭净植，或开或合，天真随性，虽是从泥塘里生长出来，花瓣却是如此纯洁无瑕，花瓣上的丝丝缕缕红线，又凝聚成粉红花瓣尖儿，如同酡颜。

宋人周敦颐把荷花比作"花之君子"，"出淤泥而不染，濯清涟而不妖，中通外直，不蔓不枝，香远益清，亭亭净植，可远观而不可亵玩焉"。这也许是清荷被历代文人所喜爱的缘故，温润如玉的君子，谁不愿与之为友呢，更何况荷花在佛教中也别有寓意。南宋曾慥与姚伯声，把荷花比作"净友"与"净客"，取其洁净；黄庭坚把荷花比作"禅社客"，取其在佛家中的寓义。而我，则把荷花看作每年一期一会的知己。每一年来看，都虚长一岁，人生历练也多了几分，越发觉得，无论看过、经历过世间多少现实层面的假恶丑，无论走过多少泥泞的路途，依然保持一颗洁净的赤子般的内心，保持一双清亮明澈的眼睛，保持"卷舒开合任天真"的心态是多么多么的重要。相信自己的信念，相信"吾心即宇宙"——那出淤泥而不染的荷花，正是观照了此去经年后自己的内心了。

荷塘对面有座石山，左边有倚玉轩，左前有荷风四面亭，背后，则是全园赏荷的中心——远香堂，其名，正应了周敦颐《爱莲说》的"香远益清"。我曾经听过一位建筑学老师讲苏州园林，他提到，当年园林的设计师在建造远香堂时，十分有心，把远香堂造在了夏日荷风的下风处。如此，熏风吹来，便巧妙地把荷花香风吹送到远香堂中，此时主人们坐在远香堂喝茶纳凉，便可嗅到荷香阵阵。

走过倚玉轩，远远望见香洲浮在一片莲叶组成的碧浪上，继而走过一段曲桥，踏上了荷风四面亭。顾名思义，如果说远香堂两面临着荷风，那么这座亭子可是置身在荷花池中心，四面八方都有荷风吹拂脸颊了。午后时光，这里是园中的交通枢纽，游人络绎不绝，我只好走过曲桥，向更清净一些的池中小岛假山上走去。

周瘦鹃先生说，香洲、倚玉轩和荷风四面亭三者呈鼎立之势，皆可观莲。在我心里，拙政园呈鼎立之势的观莲妙境，则是远香堂、荷风四面亭，和荷塘中小山上的雪香云蔚亭。远香堂的视野最开阔，可远观，荷风四面亭可近临，而雪香云蔚亭，则是俯视。

登上塘心小岛假山上的雪香云蔚亭向下看，远香堂、荷塘、香洲、倚玉轩尽收眼底。亭中设立石几一张，石凳四只，游人三两——就是这里了。我放下茶篮子，取出白瓷茶具，从荷花花苞中取出窨了一夜的银针茶，优哉游哉地冲泡起荷花窨茶来。早就想在荷花盛开的季节来拙政园应时地喝一次荷花茶了，如今终于如愿以偿。

最是第一泡茶汤入口的滋味，可谓"香韵尤绝"。每年都要窨一些荷花茶喝，今年是荷花甜馨温和的香气令我印象最为深刻的一次。与远香堂隔着荷花池对坐，迎着雪香云蔚亭上拂来的凉风，阵阵荷香若有似无袭来，沁着荷香的氤氲茶汤，已入口，怡神思，暖心肠。此刻，立时觉得，人间是多值得的。

这便是我在2020年7月拙政园赏荷的经历了。

这一趟旅行，虽是独行，仿佛也并不寂寞，好像是和文徵明先生与周瘦鹃先生隔着时空一道，与我们心中的"净友""君子""知己"——荷花约会一样。

寒岩荷塘茶会

第二次拜访寒山子隐居的寒岩，正逢夏至时节，寒石山前片片荷塘，菡萏正红，莲叶正青，于是想到和友人们一起找一片荷塘做一场茶会。

前一天先勘好一片荷塘上的茅草凉亭，颇有野味，也有些寒山子和尚的遗风，几位友人当下决定，茶会就放在这里了。

采了一枝荷花花苞，回到山上的纸鸢山房，和方山讨了一泡天台山的野茶，用纱布包起来，塞在荷花花心中，放置一夜，静心期待明日的荷香好滋味。

第二日清晨，大家起了个大早，六点多便起身洗漱，赶在暑日炎炎前，来到了小荷塘。拎着茶篮子，拿着荷花花苞，走过通往荷塘的田野，惊起蛙声一片。暑日的清晨阳光很温柔，田野上有凉风拂过身上白罗衣裳的衣襟和袖子，轻轻拍打在胳膊上和腿上，格外舒爽。想起那句诗句："好风襟袖知。"

来到荷塘上的茅亭中，才是早上七点，阳光却已经慢慢灼热起来了。荷塘上数朵荷花，在晨风中轻轻摇曳。方山采来一枝荷叶扣在头上做阳帽，我们都笑着叫她"小青蛙"。我铺设起茶席，以天为幕，以茅亭为席，而背后号称"十里铁甲龙"的横亘着的屏障一般的寒石山，便是我们的天然屏风。

我把窨了一夜的天台山野茶荷花茶取出来，用白瓷小盖碗泡了，茶汤滴入杯子，友人们共同品饮。天台山野茶的鲜味未散，还有着几分野

○寒岩荷塘茶会

○荷塘茶席

茶的野味和力道，过后，便是淡淡的荷花幽香。第二道茶，是台湾坪林东方美人，小抿一口，特有的蜜香润泽着唇齿。

清晨荷塘上的茅亭中时有凉风穿过，送来荷花的清香，想起，六月在古代也被称为"荷月"，夏风则又被称作"熏风"。"人皆苦炎热，我爱夏日长。""熏风自南来，殿阁生微凉。"是日这荷塘上的荷风，正让人不由记住了荷月熏风的五感体验，熏风，原来是带来清远荷花香气的熏熏然南来的风呀。

我把另一片荷叶展开，作为茶席巾，铺在茅亭上，把几只白瓷小若琛杯搁置在上面。荷叶的绿，映衬茶杯的白，杯子中是橙黄透亮的东方美人茶汤，在荷香熏风下被吹起涟漪，堪为夏日里最清凉的一方小小茶席。大家对着荷塘上风姿绰约的荷花品饮，几泡茶下来，友人们渐渐放松，从正襟危坐，变为不羁的斜倚半坐，格外轻松自在。说笑间，方山忽然说起，不知道当年寒山子是否也在这山前赏过荷花，饮过茶？

黄庭坚在"花十客"中，把荷花喻为"禅社客"。荷花与佛家有着不解之缘。《佛陀本生传》中记载,释迦佛出生时向十方各行七步，步步生莲，

○寒山石荷塘

并有天女为之散花。在许多造像、画像中，佛菩萨也会在莲花上结跏趺坐。儿时会奇怪莲花那么小，佛和菩萨怎么坐得进去？长大后翻阅资料，才知这里的莲花为天上之花，与人中之花有别："人中莲华大不过尺，天上莲华大如九车盖，是可容结跏趺坐。"在一些经典里，众生还可以借由"莲花化生"，乘着莲座进入净土。道家经典《太乙救苦护身妙经》中也描述："救苦天尊步摄莲花，法身变化无数……"崇拜太阳的埃及王国，也出现了太阳神以童子之姿坐莲花之上的图案。也许，荷花真的是佛土与天界的仙葩吧。人间亦有荷，伴我们四时风雅，真是实实在在的幸事。

《寒山诗集》中有诗云："田家避暑月，斗酒共谁欢……芦菁将代席，蕉叶且充盘。醉后支颐坐，须弥小弹丸。"寒山子有没有在荷塘边与"禅社客"相对饮茶，我们无法知晓，如今，我们一位耍笔杆子的写作者和三位道长，在佛家寒山和尚的隐居之地，对着佛土天界的仙葩茶当酒集，逍遥对饮，竟也和寒山子描述的田家避暑斗酒意趣有七分相似。

不由得把最后一泡，荷叶上的三杯茶，恭敬端起，依次洒在荷塘里，一杯敬天地真空妙有，一杯敬寒山大士，一杯敬予荷塘中的"禅社客"荷花。

[**荷花窨茶**]

《浮生六记》载："夏月荷花初开时，晚含而晓放，芸用小纱囊撮茶叶少许，置花心。明早取出，烹天泉水泡之，香韵尤绝。"荷花盛放时节，我们也可尝试以荷花窨茶，一品芙蓉香韵。

将茶叶放置纱布中包好，用线绳缠缚，放置荷花花苞中。一夜后取出，用泉水冲饮，茶汤中散发淡淡荷花清香。

小暑

小暑，《月令七十二候集解》中说：「暑，热也。就热之中，分为大小：月初为小，月中为大。今则热气犹小也。」所以即便此时的暑气已经非常重，也还是可以在前头添一个「小」字，以示酷热程度尚未达到极致。

小暑，疏忽温风至，因循小暑来。鱼儿嬉戏游浅底，断续蝉声传远树，林下青苔入书房。对坐夏风啜瓜瓢。偶闻雷鸣山前雨，时有热浪滚滚来，坐卧竹席摇竹扇，心静自然凉。

每年的盛夏，都不禁想去京都或者镰仓走一走。那里的庭院和森林，浓荫蔽日，枯山水边小坐，感受夏的一丝凉风，满眼是苍翠欲滴的荫翳之美。而三千院的紫阳花，已开满了山坡。

桫椤双花

初到京都东北郊外深山里的大原，下榻那里的温泉酒店，我把行李安顿好后，走出酒店去周边散步。刚走出酒店大门，只听得"啪嗒"一声，一朵白色的花朵坠落在我的面前。

把花朵拾起来捧在手心儿细看，花瓣莹白而舒展，边缘蜷曲成小小褶皱，花蕊雌黄，攒成毛茸茸的小毛球。那雌黄花蕊，就像一颗燃烧的烛火，把花捧在手心时，像捧着一只洁白的烛台。眯着眼睛看去，整朵洁白的小花好似笼上一层紫色的薄纱。这是什么花？如此奇特！循着树干看向树根，发现一只小小木牌，解答了我的疑问——木牌上写道：桫椤双树。

原来，这就是与菩提树并称为佛教两大圣树的，久闻其名的桫椤双树啊！

桫椤双树，又名娑罗树。释迦牟尼得道于印度菩提迦耶树下，涅槃于印度拘尸那迦娑罗树下。因而，菩提树象征着得道，娑罗树象征着圆满。

娑罗，梵文原文为sala，是"高远"的意思。依据佛经记载，娑罗树也是过去七佛中第三毗舍浮佛的道场树。《长阿含》中记述，"毗舍婆佛坐娑罗树下成最正觉。"到了释迦牟尼佛，娑罗树也见证着释迦佛在人间的诞生与涅槃。传说中摩耶夫人在兰毗尼园中，是手扶娑罗树，产下释迦牟尼王子的，那时是四月初八，正是娑罗树花盛放的时节。《大般涅槃经后分》中则记述了释迦牟尼佛于拘尸那迦娑罗树下涅槃时的情状："大觉世尊入涅槃已，其娑罗林东西二双合为一树，南北二双合为一树，垂

○桫椤双花

覆宝床盖于如来，其树即时惨然变白犹如白鹤，枝叶花果皮干悉皆爆裂坠落，渐渐枯悴摧折无余。"说的是释迦牟尼佛涅槃时，身边的娑罗树同时开花，林中一时变白，如同白鹤降落。这片娑罗树林因此又被称为鹤林。玄奘法师在印度，还曾经到访这里。为了纪念佛祖，佛门弟子后来便在寺院里广植娑罗树，并视其为"佛门圣树"。北京市潭柘寺毗卢阁殿院南边，古银杏"帝王树"和"配王树"南侧，也种植了两棵古娑罗树，相传是唐代从西域移来的。

多么殊胜静美的画面。那纷纷坠落的洁白娑罗花，像是释迦牟尼佛对人间的告别，像是刹那生起的欢喜心，像是娑罗树无声的随喜圆满。

遗憾的是，我在印度旅行时，曾经到访释迦牟尼佛悟道圣地菩提迦耶，到访灵鹫山，到访释迦牟尼佛初转法轮的鹿野苑，唯独没有到访拘尸那迦。那时的我大概还没有从心底接纳"死亡"这件事，把释迦牟尼佛离开人间这件事视为悲伤的事，因此把拘尸那迦从行程中删除掉了。拘尸那迦如今是什么样子？我没有概念。假如那时我去到拘尸那迦，看到一片盛放着白色娑罗花的树林，落花如白鹤降落，想必一时间生起的，必当是无尽的欢喜心吧。

没想到，我竟然在日本京都这座山里，遇见了桫椤双花，以这样令我猝不及防的方式，好像在弥补我彼时的遗憾，好像在提醒我，重新思忖、认知人间的死亡、寂灭这件事。

我后来查阅资料得知，佛经中的娑罗树，如今在各地各有所指，看上去相似，在植物学中并非同一物种。中国南方所说的娑罗树为娑罗树属梧桐科；中国北方所说的娑罗树，又名七叶树，属七叶树科，潭柘寺的娑罗树应便是这一种；而日本的桫椤双树，属于山茶科的紫茎属植物——日本半夏紫茎。但无论是属于什么物种，它们无疑承载着同样的对释迦牟尼佛的纪念，与对佛涅槃的欢喜、对生死意义的审视。

我把这朵桫椤双树花，视为这次到访日本京都，大原深山给我的最好的见面礼，把它轻轻搁置在酒店榻榻米的被褥上，看了好几天。

大原之森

在印度、在日本京都、在英国巴斯……无论到哪一个国家哪一座城市，我都会如同被潜意识驱使一般，在到达旅行目的地后，转而一头扎进城外的深山里。似乎只有走到山里，才会与那片土地的地气亲密接触，得到最切实的滋养与疗愈。当年开启京都的旅程后，选择住在隐藏在京都郊外深山里的大原，最初也是因为看到旅游网站上一位旅人的点评——"孤独到心痛，又舒服到极致的地方"——这不就是我梦寐以求的所在么？

于是，在大阪下了飞机，坐机场巴士辗转来到京都，又真的就坐了一个半小时的长途巴士，才钻进了京都郊外的青翠深山之中——位于寂光院附近的大原之里。

走在山下的山路上，眼望日本的蓊郁浓翠的森林——那真的是挤挤挨挨到不能再茂密的郁郁葱葱、密密层层。不由得钦佩起日本人，能将都市周遭的森林生态保护得这样好。森林外田园一片，农舍几座，啾啾鸟鸣，潺潺水声。初来乍到，已爱上这里。

傍晚散步时，旅馆外小河边的梾椤双树开着的洁白花朵啪嗒掉下来，拾起一朵，攥在手心。沿着大原女之路再往小村深处走去，看见一段围墙上的青苔丛中冒出十分卡哇伊的小蘑菇，又看到一个地藏菩萨石像和坟墓路牌，以及一条被栏杆封住的通往神社的石板路……一切，笼罩在荫翳的、古老的、苍翠的、静谧又和谐的美感中。

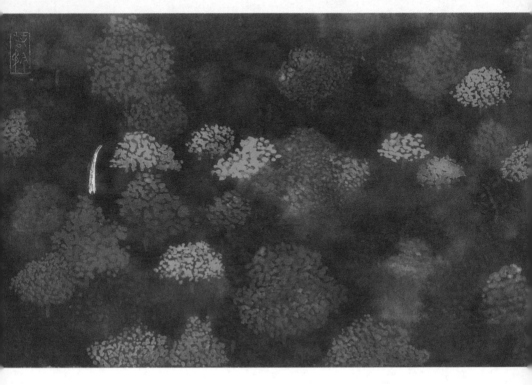

○大原之森

　　路过寂光院时，望向寂光院被浓翠的树荫覆盖的深邃石阶，那树林格外蓊郁、苍翠，好像可以滴出绿色汁液来，好像藏着森林之灵，让人不由得精神一机灵——那一瞬间，忽然理解了，为什么日本人把森林生态保护得这样好，除了因为岛国自然资源匮乏外，多是怀有"万物有灵"的敬畏之心吧。似乎也更好地理解了宫崎骏《幽灵公主》所表达的敬畏自然的深意。日本画家许多作品以精灵妖怪为题材，而且还画得格外奔放生动，而中国古代画家则好似很少画这个题材，也许是因为孔子教导的"敬鬼神而远之"吧。

　　村庄里，几个木板搭建的古老铺面开着，几位当地手艺人，把篓筐中采来的紫苏倒在一起，准备做大原当地的特产——大原女紫苏渍。空气中弥漫着紫苏特别的清香气。我素来喜爱紫苏的味道，不由得深深吸了几口气。在晚间温泉旅馆的味噌火锅定食里，我吃到了这种紫苏渍菜，甚是合胃。

　　在京都的日子里，每天就是这样，愉快地坐着山间巴士车，往来穿梭于大山与京都之间，又以大原车站为起点，走上几里乡间的山路，回到温泉旅馆。一路上，有森林、田野、小河、农舍、紫阳花和山风……曾经在网上看到有人说，喜欢京都，些许是因为这里很像童年时代中国八十年代的乡村，那些大自然还没有被重度开发，乡村还很静谧的样子。我歪头想了想，似有共鸣。

　　感应到这些，便也不由得生起敬畏之心，每天认真打扫温泉，带走自己产生的垃圾，谨言慎行，爱物惜物，去与这里的土地、山川、草木和谐相处。

三千院的紫阳花

　　我竟没想到，京都行的最后一站，才是我至爱的所在，它不在我每天踏着晨曦走出京都郊外山中奔赴的旅游热点，而在我每天披星戴月而归，却没能来得及驻足的位于这座山里的大原三千院。若不是朋友告诉我这里的庭院很美，我或许就此错过。

　　一大早，一位旅馆的客人关切地说："您今天不是要赶飞机吗？您还有空闲去看三千院呀？"他有所不知，我不但有空闲去三千院，还有空闲对着这满眼苍翠，时而有水雾扑面而来的静谧庭院，坐下来安静地喝上一杯茶。人生能遇到令自己记住的风景不多，如若遇见，必须要"有空闲"。——当然，代价是一路小跑下山，又花费四倍价格，把长途巴士换成出租车，才赶上机场巴士。然而这一切，也是我乐意承担的。

　　最令人雀喜的，是三千院的庭院后山，竟有一座繁盛茂密的紫阳花苑。京都一行，一路已经看过太多紫阳花了，甚至在京都寺庙中穿着木屐一路小跑，身上穿着的，也是紫阳花图案的浴衣，可我却从没见过紫阳花这样大片大片开满山坡的情景，紫的、粉紫的，一团团，一簇簇，依着山势，开成一片，沿着花间的石板台阶攀行，便如入紫阳花开遍的仙境。

　　倘若你有工夫花时间仔细看看紫阳花，便会惊讶造物的奇妙。一朵朵紫的粉紫的小花挤挤挨挨，整整齐齐，攒成一个小花球，好像是花神

○紫阳花

○三千院的紫阳花

特意造出来玩儿的。

　　我画过几次紫阳花，在勾勒一朵一朵看似相似，实则有远近浓淡差异的小花朵时，我忽然想到，中国人爱牡丹、爱莲、爱梅、爱兰，但每一种花，都几乎是一枝独秀地绽放，似乎中国文人都有着孤洁自赏的清高，而绣球花，像极了日本人——整齐、有序、团结地抱在一起，每一朵都不想出风头，每一朵都很谦和。大家攒聚成一团，气氛真是一片清新和气。

证
悟
之
窗

东山魁夷曾说："日本自然之美，一言以蔽之，存在于四季应时的细微变化之中。"那么我想，日本寺庙中"证悟之窗"的窗外风景，正是这句话的生动写照。

我曾经到访过日本两座寺庙中的证悟之窗，一扇，在京都的源光庵，另一扇，是在镰仓的明月院。

2016 年 7 月的一天，我花费了一个小时的时间，从京都市中心乘车辗转来到鹰峰山宝树林的曹洞宗禅院——源光庵。相对寺庙林立的京都其他寺庙来说，源光庵偏安于京都北部一隅，寂静，清幽，小巧。即便是在旅游高峰的暑期，游客也寥寥。这份寂静与清幽倒是轻易地击中了我内心安静柔软的部分。于是相对于游客云集的旅游胜地那些著名寺庙，我更偏爱这里。

脱下鞋子，走进本堂，踩在光滑的木地板上，一眼瞥见源光庵最负盛名的两扇窗，圆形的窗名为"证悟之窗"，四角窗叫"迷惑之窗"。证悟之窗，在日本禅宗中表达的是"禅宗与真理之心"。这里的"真理"，意指结合"空"等佛教真理正确认识判断事物的能力，代表禅、智慧和整个宇宙世界。迷惑之窗，象征着人生道路，表达的是人的一生都必须经过的生老病痛等种种苦难。

时值七月，窗外，是一片葱翳的翠绿。坐在浑圆的证悟之窗前，看着窗外的绿，听着一阵风拂过树叶沙沙的声响、蝉鸣与鸟叫……你便与

○证悟之窗

○ 证悟之窗

夏季的声与色产生对话，沉浸入一个小小结界，除了自然声音和内心声音的连接，你听不到之外的任何烦扰。

　　这，是属于我的夏季源光庵证悟之窗给我的冥想感受。也许每一个来到源光庵的人，望着这两扇窗，思考的心事与心声是不同的吧，并且也会随着季节的变化有微妙的转换。源光庵这座曹洞宗禅宗寺院，也许就是以此种建构与自然、与季节对话的方式，创建一个适合与自然与自我对话的场域。每个季节来到这里，从窗口看到的景色，会有所变化。春天，有烂漫的樱花雨；夏天，是浓翠成荫；秋季，是枫叶流火；冬季，是雪落下的静寂。透过一次又一随着自然季节的转变来重省自己，你或许会感受到自己的身心随着季节流转产生的微妙变化。

想到这里，我不由得在心底默默对证悟之窗许诺：真是不枉大老远来看你，记住你夏天的样子，下一次，换一个季节再来吧。

与源光庵证悟之窗的约定还没来得及履行，两年后的一个夏天，倒是与友人燕飞、晏平造访了日本另一座证悟之窗——镰仓临济宗明月院证悟之窗。

人间八月，镰仓明月院最负盛名的紫阳花已败落。这却让隐蔽在山间的小小寺庙庭院难得清幽。

走过木桥，越过小溪，曲径通幽，移步换景。整座寺庙依山势而建，错落有致，眼前风景终不寂寞。拾梯而上，来到了证悟之窗前。透过圆窗，是主色调为翠绿的夏日风景，一片草坡上，一棵绿树正伸展着枝叶，葳蕤、繁密地伫立。这扇窗里的风景，相对于京都源光庵窗外的风景更为空旷，那棵树和背景，在四时变换的风景里变换着不同颜色。春时窗外樱花烂漫；夏至绿树成荫，紫阳花盛放；秋日枫叶灿若红霞；冬季，树梢上挂着雪，寂静无声。

于是，又在记忆里攒到一个"证悟之窗"中的夏季。记住你夏天的样子，下一次，换一个季节再来吧。

如此算来，还欠着三个季节的约定呢。来日方长。也许，在彼时，坐在证悟之窗前的我，已全然换了截然不同的心情，经历过了又一程人生的四季。

大暑

大暑，一年中最热的节气。《月令七十二候集解》中说：「暑，热也」，就热之中，分为大小：月初为小，月中为大。今则热气犹大也。」热在三伏，大暑一般则处在三伏里的中伏阶段。

大暑，眼前无长物，窗下有清风。散热由心净，凉生为室空。「小楫轻舟，梦入芙蓉浦」，采得莲蓬归，案前坐剥莲子忙。帘外蝉声切切，帘内清茶氤氲，燎沉香，消溽暑，轻罗裁剪做霓裳。

每年大暑时节，小朋友放暑假，是一年中难得带着他们亲近自然山水的好时光。西湖边与孩子们采得莲叶「荷叶盖头归」，九溪十八涧溪水里沉上西瓜，大快乐颐冰爽甜美的瓜瓢，都是夏日里充满童趣的闪亮记忆。

荷
叶
盖
头
归

　　忽而一夏，短暂得像燕雀的翅膀簌地划过天空一样。梅雨季怕湿闷，躲在家里逗猫种花；三伏天怕暑热，躲在家里艾灸熏香。直到抬眼看日历，才惊讶地发现，立秋已在眼前了。好像还没有好好和夏季亲密拥抱过呢。

　　至少也要去看看西湖的荷花吧。

　　于是起心动念，带着小朋友们在西湖山里入住。小睡一晌午，傍晚，暑气渐消，动身带着布丁和奶茶去西湖看荷花。

　　"接天莲叶无穷碧，映日荷花别样红。"正是西湖六月好风景，走进曲院风荷的曲折石板桥，便一入十里菡萏。莲叶田田，接连起一望无垠的碧波，波上小荷伫立，袅袅婷婷，摇摇曳曳。

　　小朋友沉浸在曲苑风荷美景之中，只是暑气犹存，不一会儿便被汗水打湿了头发。这两个小孩子从小就不爱戴阳帽，走在莲湖边，突发奇想，何不折一枝荷叶来为他们遮阳？

　　湖边刚好有枝小小荷叶半折着腰，垂身入湖，我小心翼翼探身折来，荷叶杆断裂处拉出细细的白丝。这一枝递给了小奶茶，小奶茶稀奇地举过头顶，像极了宫崎骏先生动画里的小小龙猫，可爱极了。

　　正发愁去哪儿折一枝给小布丁呢，发现另一处湖边有一枝干枯的大荷叶，荷叶边儿已经卷曲起来，形成一个帽子形状，扣在小布丁头上刚刚好，真是得来全不费功夫。

　　于是两个小孩神气地戴着荷叶帽子走在苏堤上，引来众人围观

◎荷叶盖头归

○荷叶盖头归

拍照……

　　蓦然想到这一幕似乎在哪里见过，不正是丰子恺先生的那幅画吗？

　　"折得荷花浑忘却，空将荷叶盖头归。"

　　一百年时光消逝，西湖已经少了民国当年的"野味"，苏堤白堤不再是青石板土路，铺上了柏油马路，荷花，也已不似当年可随意折取的了。可今日却也和孩子一起，无意中体验了画中的野趣。一座湖，一塘荷花，两个时代的孩子，隔着百年时光，为一件小事牵着手在湖边欢笑雀跃着。

　　玩累了，小奶茶在西湖摇曳的船上睡着了，正是诗里"小楫轻舟，梦入芙蓉浦"的意境。

　　如此，不辜负这个夏天了。

浮甘瓜于清溪

在我童年的世界观里，没有下过河，是不算过了夏天的。

童年时代生活的两座城市，房前屋后都依着大江小溪。每到夏日，我都迫不及待穿上蓝色的透明凉鞋，跳进河里，把脚丫子伸进河水里，真是凉爽极了，痛快极了。

那时的小河也格外清澈，时有小鱼游来游去。和小河的互动趣味很多，可以找一块青石板来洗手帕，可以在河滩上拣漂亮的鹅卵石，还可以用两根木棍固定住一块毛巾搂小鱼小虾。男孩子呢，没这么斯文，早就直接跳进大江里痛痛快快游野泳了。

暑假里，看见小布丁整日躲在房间里抱着Ipad玩游戏，不禁感慨自己的童年时代虽然物质匮乏，却实则比如今远离自然、生活在大都市的孩子更为充实富有。

一心想带小孩儿下河玩，可想来想去，上海方圆几里地都找不到清秀的自然山水可供嬉耍——郊外是有山有河的，少的却是一种难得可贵的野趣。前些日子还和一位做自然教育的朋友吐槽，上海郊外的自然风景公园一定要架上人工痕迹浓重、缺乏美感的木栈道和水泥栏杆，从东方西方的审美情趣上都难以找到支撑点，令人倍感无趣。童年曾经觉得再平常不过的自然山水忽然变得格外奢侈。

而这有野趣的山水，碧山都有呢，于是这个夏天带着儿子小布丁回到碧山，看山，下河。

○浮甘瓜于清溪

　　忽然想起曹丕的那句："浮甘瓜于清泉，沉朱李于寒水。"在写《草木有趣》的西瓜一章节时，便遗憾只吃过浮于井底的西瓜，井底的水怎如溪水泉水活泛，这时候如果有个西瓜扔进溪水里泡着，再捞起来吃该多冰爽甘甜。

　　可惜，没有西瓜，可惜，小奶茶也不在。

　　那么就把浮西瓜于溪水这等美事留给下一次旅行，和小奶茶一起共此美事。

　　几天后，我们来到杭州的九溪十八涧。无法再深入更野的山林溪涧了，这是不会开车的我所能抵达的最近的溪水。

　　给小奶茶换上小凉鞋，小胖手捧着小小颗翠绿的早春红玉西瓜，沉到溪水底，又见那西瓜浮上来，两个小孩儿一会儿搬去这里沉一沉，一会儿搬到那里沉一沉，好不开心。

　　由着小孩子们在溪水边玩耍了小半天，西瓜已经被溪水浸透了，吸

○浮甘瓜于清溪

饱了山林间的凉爽气息。要破西瓜了，我把西瓜搬到石头上，一拳砸碎，掰开，分给小朋友，入口冰甜甘爽得不得了。小奶茶蹲在石板边埋头苦吃，头都不抬，吃得瓜瓤四溅，鲜红淋漓，不一会儿就吃完了整只瓜，小小的身躯旁一排瓜皮，蔚为可观。

吃好西瓜，又在流水温柔滑过的石板上摆开茶席，冲泡了如菱姑娘手赠的徽州石墨茶。小布丁小奶茶撒开脚丫子在溪水里玩耍，时而跑来喝一口茶。小奶茶的杯子丁点儿大，年份却可能是最老的。

以天地为幕，以活水为席，以青石为案、为椅，泡茶人和喝茶人都浸在水汽里——真是大暑节气，无上清凉的茶席。

正在泡茶，忽然听到小奶茶哇哇大哭，原来是不出意料地跌进水里了。干脆脱掉她的 T 恤，只留个小内裤，擦干肉嘟嘟的小身板，放到大自然里，挺着小肚皮裸奔。

小奶茶始终是最尽兴致的一个。

我们把夏天喜欢过了。

莫奈花园

回顾在法国的旅行，记忆里最蓊郁的一片绿意，是在巴黎近郊吉维尼小镇上的莫奈花园见到的。

那些日子，一连在巴黎的卢浮宫、奥赛博物馆泡了几日，已经对各个年代派系的经典画作有些审美疲劳了。于是想从二维平面绘画世界中出走，走进可以触摸到的、画中的三维风景中去。从巴黎坐火车，再转乘一班巴士，便抵达了安静的吉维尼小镇，印象派大师莫奈的故居莫奈花园便位于这里。莫奈的无数著名画作，在这里瞬间活了过来。

走进花园，犹如一下子掉进了浓墨重彩的油画世界里，而主基调，就是无尽的绿。莫奈故居的绿漆门窗小楼，墙外几乎爬满了藤蔓植物，让这唯一的一幢花园中的建筑，也浸入一片植物的蓊郁绿意里。

从1883年到1926年逝世，莫奈长期隐居于此。绿漆门窗，白蕾丝窗帘，厨房间里镶嵌的蓝花瓷砖，这位大胡子印象派鼻祖在这里度过了多么惬意的四十年。这让人不由得对比想到，法国南部阿尔勒小镇上另一位印象派大师梵高的晚景，多么孤独而凄怆。他们的人生境遇和他们对生活的感受，随着油彩，流淌在他们的作品里，成为印象派里风格迥异的经典画作，亦都是绝唱。

房间里，可以看到莫奈收藏的不少日本浮世绘作品，证实了欧洲社会当时的和风（日本主义）有多么风靡，以至于浮世绘风格对后期印象主义绘画运动有着深远影响。

○莫奈故居

　　故居里最大的房间，自然是莫奈为自己营造的画室。房间挑高很高，很宽敞。地毯上立着一张黑白照片，大胡子画家正拿着画笔看着一个世纪后来拜访他的客人。多少我们耳熟能详的经典画作，就是在这间房间里诞生的啊。

　　从故居里走出来，漫步花园，便一头跌入莫奈油画中的绿调子里。绿，满眼的绿，绿意中点缀着五彩斑斓的花朵，好像一条一条硕大的田垄，那些一人高的花木被种植在一垄，低矮的花木又被种植在一垄，上方架立了一条一条绿色的花架。眼前的绿意并不单调，而是充满了立体层次感。莫奈把最普通的和最稀有的花草混在一起种植，因为各个品种花朵的花期不同，这样，四到十月，每月都有花开花谢。春天有郁金香和鸢尾花，夏天有藤本月季，秋天有翠菊、大丽花和旱金莲。我们来造访的时节是十月，大波斯菊、雏菊和各种菊花、大丽花开得正好。花园边，苍翠古老的树木撑起一方硕大的绿荫。阳光透过枝叶，洒下斑驳的光影，这样的绿与星星点点的花组成的斑斓世界，让你眯起眼睛看向它们时，脑海

○莫奈花园

里只剩下一个朦胧的、梦幻的、不甚写实的光影印象——这种体验，也许就是莫奈在某一天的某一个瞬间，突然撷取了眼前的单纯印象和感受，不惜牺牲细腻写实程度，只由着色彩堆叠记录脑海中的光影，从而诞生了印象派的缘起吧。

也许，点亮莫奈画作中的光影的，除了阳光，还有爱。有人说，莫奈早期的画色彩沉郁，遇见十八岁的卡蜜儿之后，才使得他画中有了特有的明媚色彩和梦幻光亮。卡蜜儿，在法语中，是"茶花"的意思。从莫奈的画里看到，那是一位有着高耸的鼻梁、大大的眼睛，五官立体清晰，皮肤白皙，如茶花般富有生机的女子。花一般绽放的卡蜜儿爱的滋养，令莫奈新的创作生命被点燃。此后的十四年，莫奈乐此不疲地向世人广撒狗粮，以卡蜜儿为模特，画了《穿绿裙的女子》《花园中的女人》《撑阳伞的女人》等无数传世作品。那是还没有《日出》、没有《睡莲》的年代。然而，因为卡蜜儿卑微的模特身份，他们的爱受到家族的坚决反对，画作初期也未能得到当时的画坛认可，卡蜜儿陪伴莫奈度过的时光，恰恰是莫奈人生中最穷困潦倒的时期。

我多么希望画里的女子——莫奈一生的挚爱卡蜜儿，就曾经漫步在我眼前的莫奈花园，撑着伞轻摆裙裾，伸出雪白的手臂去采一朵罂粟，由画家爱人画下她的倩影。然而事与愿违，当莫奈作品获得成功，赢得声誉，在距离巴黎八十公里开外的吉维尼小镇上买下这座花园，潜心与花木为伴度过人生最安详的岁月时，他所挚爱的卡蜜儿，那位陪伴他走过人生中最颠沛流离的岁月，那个成为他早年生命的寄托和慰藉的女人，早已患病去世多年，去世时年仅三十二岁，未曾享受过一天莫奈成名后的清福。去世时，家里多了另一个女人，和她的六个孩子，她是莫奈的最大资助商和经纪人——一家百货公司的富商主人破产躲债跑路后遗弃的妻子爱丽斯，举目无亲的她搬到他们在韦特伊的家中，帮助莫奈照顾病重的卡蜜儿无法照料的两个孩子。

她，后来成为莫奈第二任妻子。如今的莫奈花园，事实上是莫奈与爱丽斯一起营造的。

有一个更加残忍的猜测是，在卡蜜儿离世时，爱丽斯已经成为莫奈的情人了。

当我走进莫奈花园，看到眼前的绿树与花丛构造的世界，我忽然想到，这座花园，竟酷似莫奈笔下的卡蜜儿生前留下倩影时被画家深情记录的另外两座花园——明媚阳光洒下的斑驳树影，向日葵花丛中的白衣女子和两个稚童，那是《韦特伊莫奈花园》；花丛中抱着头的仰面女子和天真烂漫躺倒在芳草地上的孩童，那是《在阿让特伊花园中的卡蜜儿与吉恩·莫奈》。当成名后的画家在建造这样一座美丽花园时，他是否有心复制卡蜜儿生前的生活片段？是否缅怀着那位在花季少女时代便与他患难与共的发妻呢？画家的心思我们不得而知。

我们只知道这样一些史实：

其一，莫奈穷其一生只为第二任妻子爱丽斯画过一幅肖像；其二，莫奈把自己的遗产悉数留给了他与卡蜜儿的儿子；其三，莫奈选择与卡蜜儿葬在了一起。

我希望那是因为爱，而不是愧疚。

睡莲

从莫奈故居前的花园后门走出来，过一个火车轨道下的地道，便来到了莫奈晚年建造的水园。走进这里，莫奈笔下的睡莲，仿佛都从画里随着水波荡漾，摇曳多姿地活过来了。

水园的色调与风格，与故居前的花园十分迥异，如果说后者是西式的色彩斑斓的花园，那么前者，更具备东方园林移步换景、色彩淡雅、意境清幽的情趣。那时，欧洲风靡日本主义，晚年的莫奈也颇喜爱日本艺术，在他新购置的园林水景版块融入了些许日本风情，还为园子里那座绿色小桥命名为"日本桥"。然而并不过分，没有人会觉得水园是一座日本园林，它仍然只属于莫奈，只属于莫奈笔下的睡莲。

沿着一条蜿蜒曲折的小路探幽，大师经典画作会在每一个转角处不经意地扑面而来。比如《睡莲》，比如《日本桥》。池塘边的绿柳垂下条条丝绦，树影洒在水面上，水面的光影便起了变化。那座绿色的日本桥，静谧地隐蔽在池塘远处。十月的法国北部，睡莲已凋零，然而湖面的莲叶，依然呈现出莫奈所画过的睡莲中曾经出现的黛蓝颜色。

有人统计，莫奈的后半生曾经画了不下二百五十幅左右的睡莲。而喜爱画向日葵的梵高，穷其一生也不过只画下十几幅向日葵作品。所以，除了宋人周敦颐，我想不出谁对莲花有着如此沉沦的挚爱了。这二百多幅睡莲，有晴，有阴，有晨，有昏，有四季轮转，有百样的光影变化。我想无论你在什么季节、什么时辰、什么天气来到莫奈花园，都不愁从莫

○睡莲

奈的二百多幅睡莲主题画作中，找到与你眼前的景致匹配的色卡和质感的画面。据说，大胡子艺术家为了画下同一片睡莲不同光影的样貌，甚至会把几十个画架在水岸上一字排开，阳光投射下来时，画这幅，云彩飘过来时，在另一幅上添几笔。莫奈好像一个延时摄影师，以绘画的方式记录了睡莲在一个时光区间的细微变化。

我一直觉得睡莲是很东方意象的植物，比如它在佛教中的意义，比如中国人赋予它的淡泊名利、出淤泥而不染的美好品质。晚年的莫奈，离开了他一手创造的印象派团体，远离了纷纷扰扰的画坛事务，选择对着一湖睡莲，不厌其烦地描画，这与佛家中的无我空境，与东方文人隐逸于山水的心境有些许共通之处。莫奈以印象派的笔触赋予睡莲新的生命力，也许是东西方文化艺术相遇后的一次交互的光亮，一次心灵的默契。

在莫奈的创作生命如秋天的华实般丰沛的岁月里，他笔下的睡莲，也是充满茁茁生机的，有着无限丰盈的生命力和表现力，好似一个个生动的人物，每时每刻变换着丰富的表情。有的任虬曲柳条洒下斑驳树影，在蓝紫色湖水上静谧地开着粉色花朵；有的沉入氤氲的灰蓝水汽中；有的湖上倒映着云影，睡莲便在云间逍遥地飘着；有的湖水呈现黛蓝色，好似落昏，睡莲也要睡着了；有的色彩斑斓；有的湖水深邃透彻，可以看到湖水之下睡莲的根根花茎。

第一次世界大战爆发后，法国被卷入战争中，莫奈笔下的睡莲登时变得晦暗、沉寂，笔触无章法的错乱仿佛在释放画家的焦灼悲苦心绪。

晚年的莫奈罹患了白内障，尽管曾接受两次白内障手术，依然使他的眼睛对色彩感知发生了极大变化。医生为他配了一副黄色滤镜眼镜，使他能看到东西，但他仍然几乎看不见红色和黄色，只能用颜色标号来区分色彩，继续作画。这一时期的作品，那睡莲，都呈现朦朦胧胧的粉蓝色，如实地记录了一个白内障病人眼中的世界。

中国人对待植物，与西方人的最大不同，是一个"知"，文人士大夫常赋予花草美好的品性，把花草视为知己。东方人的草木观是一个有情世界。我们去观察植物，就是在观照我们的内心；我们与植物相处，就是在与自己的内心相处。

也许，晚年接受了东方美学熏染的莫奈，对于睡莲的情愫也是如此。与其说他用画笔和油彩记录下不同光影、不同季节下，不同色彩、不同氛围的睡莲，不如说他记录下的是以睡莲投射映照出来的，他自己的内心世界。

时
思
寺

　　庚子年大雪时节，江南下了一场大雪。城市里，雪片落地即化，而在浙江的深山里，雪却留存在了山峦松梢上，为江南的山林抹上一层银妆素裹。我为此感到兴奋，无法在书房里安坐，踌躇满志，想去浙江深山里看雪。蓦然想起一位友人曾推荐丽水景宁深山中的时思寺，想起文人空间出品的《我与草木两孤独》中记述的时思寺古树，便想何不趁此大雪，一探妙境，顺便探访守护寺庙的那几棵古树？

　　刚准备收拾行李，一位友人出于关切来敲退堂鼓：雪天里路滑，山路崎岖，怕有安全隐患。这么一说，倒把我心说得七上八下，于是那个雪天的时思寺之行未能如愿。

　　第二天午间小憩，迷迷糊糊间，梦见自己抖落身上的雪，摩拳擦掌，准备爬一座被大雪封住的高山，那山顶，正是心心念念的时思寺。抬脚刚走出两步，一位农夫立在山脚对我说：姑娘，你何必攀爬这么高的雪路去看时思寺，你随我来，我告诉你哪里看时思寺最美，我几乎没跟别人说过。我信步随老农走到一处被大雪覆盖的空旷田野，随着老人手指的方向往远处看——只见一大片白茫茫的天地，混沌一体，分不清天与地的界限，就在那天地间耸立着一座峻美的山峰，峰顶上，右边立着一棵参天古木，左边是一片落着浮雪的阔叶树丛，一束冬日的阳光照射下来，刚好照在树丛缝隙中露出的山寺黑色飞檐和金黄色的屋角。古木与古刹相伴而立，似乎遗世孤独，却不寂寞。那画面美到令人窒息，我久久移不开目光，忽然想起，要赶紧用相机拍下来呀，阳光可能马上就没有了。这时我隐约看见山顶树丛前立着一个人的背影，披着红色的斗篷，我问农夫，那是谁啊？后来意识到，那人好像就是我自己，那站在山脚下的我又是谁啊？这个悖论一起，我便醒了。

醒来一时恍惚，回神后想，大概是因为没能鼓起勇气动身去看雪天的时思寺，才做出这样的梦弥补现实的遗憾吧。有时，我会很期待入梦。醒着时，我们用肉体行走世间；睡着时，我们用灵魂穿梭时空。哪一个更接近真实的自我，竟然一时也说不清楚。

两年后的大暑时节，经过上海疫情封控的一段苦闷日子，我和东来决定去山林里走走。我问东来想去哪里，她说：时思寺。这一次真的顺利如愿地成行了。我们先一程一程地坐车赶路，当天抵达静谧的景宁东坑村，第二天一早，启程出发去时思寺。车行进在山间，迂迂回回，兜兜转转，直至白象峰山巅。下了车后，立觉山上的气候比大暑时节的炎热天气凉爽得多。我们沿着河边，在位于高山平原的大漈乡民居间的小路前行，忽然被一座廊桥吸引住视线。正当观摩这座木廊桥时，眼睛不经意看向桥右侧的山冈——时思寺就这样猝不及防地映入我们眼帘。未承想，它并不离群索居，隐于山野，而是离人间烟火这样近。

可当我再仔细观摩时思寺周边的地貌时，我惊讶得一时说不出话来。原来，寺庙山下真的有一大片空旷田地，种的是当地特产茭白。从高地山脚到田地行走的方位，也和梦里随着老农人走过的路方位一致。从田野往高地上看，那棵古树（实际为大柳杉）的位置和梦里一样，在右边；寺庙钟楼和梦里一样，在左边，掩映在一片阔叶树丛中。然而在做梦之前，我对时思寺的周边地貌和古树与建筑的布局是一无所知的。恍然间，不禁怀疑，真的是有位老神仙在梦里带我造访过时思寺了。唯一与梦境中的时思寺地貌不相符的，便是山的高度。梦里的山很高，颇为峻峭，老农人带我走过的雪路也很远，因此到最后我们看向时思寺的落脚点，距离时思寺也很远。而实际地貌则是——时思寺所在不过是一座不能称其为山的高地，我特意数了数，距离山下不过十六级石阶，田野离高地也不过几百米距离。这让我置身其间不禁在心里笑出声——许是梦里那位

○ 时思寺

老神仙为我的梦做了一些艺术加工，加了神仙滤镜，不过这没有令我产生心理落差，反而令这个梦更可爱了。

　　我们走上石阶，迎面看见写着黑底描金"时思寺"的古老木构门牌。门牌后，是一棵虬曲斜生的扁柏，竟然斜穿石板走道，生生挡住了前来拜访古寺的人的去路。你需要谦卑地低下头，才可以走进寺庙。拜访过许多古刹，常有古树伴着古刹，那些古树大多端端正正地站着。而像眼前这棵扁柏一样直愣愣挡住去路的，还是第一次遇见。好似这棵扁柏在提醒你，你要拜访的是一座始建于南宋绍兴年间的古寺庙，请你生起恭敬心。

　　穿过夯土墙走道，走入一座门，眼前出现一座杂草丛生的庭院，四下无人，格外寂静。庭院里矗立着三座建筑，迎面右侧，是建立于元末的木构建筑大殿，俨然典型宋代木构建筑形制，气息斐然。左侧，是后来迁徙过来的清代乾隆年间的马仙宫，只剩下一间一间木构建筑中的柱子和屋檐，却与宋代大殿气息相近，并排矗立在一起毫不违和。向右看，便看到建于明代的三层木构建筑心经钟楼。一座庭院，元、明、清三代木构建筑隔着岁月两两相望，这在江南古刹林立的山林间，十分罕见。

在临到访时思寺前，我正忙着拍摄《二十四节气》一书的宣传片，需要补拍一个插花的镜头。本想这两天在家简单拍一拍，恰巧临时有了时思寺的行程，便想着不如到时思寺后插一瓶花来礼佛。我在山下一家花店买来一些花材，带到山上，终觉得花店里的花与这山林秘境中的古刹气息违和。反而是那些在民舍、在乡野唾手可得的花材与这山头的古刹气息投契得很，便一路把花店买来的花留在乡间路旁。然后，先是经得主人同意，从民宿小院里采来几根菖蒲叶子，到隔壁邻居院子里等车时，又看见那南瓜花开得毛绒绒的，甚是喜人。我同院子里九十多岁的老婆婆讲，我可不可以跟她借这朵花，老婆婆与我语言不通，耳朵也许有些背了，笑眯眯看着我默不做声。我便用手去摘那朵南瓜花，可南瓜藤蔓实在强韧，我轻轻扯一下，丝毫没有扯断的意思。这时老婆婆却动如脱兔，小脚疾奔，迅捷走进老木构宅子里，旋即快步走出来，笑眯眯递给我一把剪刀。我立时被一阵暖暖的人情味包裹，把供花礼佛的美好祝福，也默默寄托给这位可爱的老婆婆。出门向马路对面看，路旁的射干开得正好，再扯几朵白色的野菊花，这供佛的花材，也就凑齐了。

在大殿中插花时，东来正坐在庭院中明代钟楼前的柏树下发呆。于是，空旷的元末木构建筑大雄宝殿中，只留下我和一瓶插花。每次置身一座宋元建筑，都会觉得建筑与人的比例恰到好处，空间予人的感觉气息通透流畅。青苔，砥柱，石板上的灰尘，斜照进大殿的柔光，令人想起"和光同尘"，也令人想起"虚室生白"，心瞬间安定下来。整个插花过程，我的内心格外静定——应该是我迄今为止内心生起最愉悦欢喜感受的一次插花经历了吧。我把插好的花搁置在大殿中"大雄宝殿"匾额下方。这里已经没有佛造像遗存，佛，只在这空荡荡的气息里，只在我心里。

○供花礼佛

　　走出大殿，和东来在马仙宫空旷的大殿遗址上布了一个简单的茶席喝茶。我在背包里左翻右翻，怎么也找不到临行前放进背包的倚邦白茶。东来见状走到庭院，在大殿和马仙宫间草坪上的一棵野茶树上掐下几片幼叶，丢进茶壶，说："今天就喝时思寺的野生茶吧！"我们就认真冲泡了那几片翠绿的茶叶，看着那翠叶在注入的热水中翻转，茶汤入口，有青味，有野意，有茶香。当我再次去背包里翻物件时，那包倚邦白茶竟然又从夹层中出现了。就好像上天有意造成阴差阳错，请我们品饮寺中草木的芬芳野趣一般。

　　走出时思寺，又参观了隔壁的明代木构建筑梅氏宗祠。时思寺的建寺历史，和这梅氏有密切关联。传说在南宋年间，梅氏一名六岁的幼童为祖父守墓，住在墓庐边守孝三年，感动当年皇上，封其为"孝童"，其庐为"时思院"。后又在明宣德年间改院为寺。

　　走出梅氏宗祠，便是在山下、在梦里见到的那棵大柳杉了。原来那柳杉有前后两棵，从山下角度看，重叠在一起，合二为一。前面一棵柳

○大柳杉

杉年岁旧一些，足有一千五百多岁。走近这大柳杉，才发觉那古木树心早已溃烂，由高大铁架来支撑，让这棵历尽岁月沧桑的古木依然得以矗立在山冈上，与近千年的古刹相伴。推算起年份，当年是先有两棵大柳杉，再有时思院。古代佛寺选址十分慎重，当年在柳杉与古柏前兴建寺院，似有寻求这自然古木庇佑之意。

在时思寺耽溺小半日，与友人依依不舍离开，去寻访寺外的雪花漈瀑布。从瀑布所在峡谷拾级而上，再回到时思寺所在高原时，已近日暮时分。我心里很想再去时思寺坐坐，又怕迫近天黑，东来会着急赶回山下东坑民宿。这时，东来开口道："我们不如再去时思寺坐一坐吧。"我忙不迭点头称好。

于是，两个人又坐在日暮时分时思寺的庭院中，什么都不做，只是望着浸染千年岁月痕迹的古木苍天、钟楼大殿静静发呆。这里的历代木构建筑是空置的、寂静的、被世人遗忘的。这里的扁柏、古杉、野花、野茶却依然在虚空中焕发生机，好似它们才是这里的主人，以不同的性情和脾气，陪伴庇护着古寺，也包容接纳着我们。

立秋

立秋，秋天的第一个节气。立，始建也。秋，揫也，物于此而揫敛也。

立秋，一叶知秋，入夜起凉风。『云天收夏色，木叶动秋声。』塘头荷花残卷，田野白露生。武夷新茶入杯盏，云川松茸切上盘。明月如霜，瓜果待熟黄。

立秋时节，在黄山，在苏州园林，在日本镰仓，处处可见紫薇花繁茂盛放。而英国田野边一些诸如黑莓类的果物也成熟了。

明
月
院
的
紫
薇

　　八月中的镰仓明月院，紫阳花已落幕。视线里，没有了灿若紫霞的紫阳花云，没有了为看紫阳花而赶来的游客人海，只有森森的绿荫，幽幽的青苔，汩汩的涧水。和燕飞、晏平沿着山坡的木栈道，越过小木桥，踩着台阶拾级而上，来到了方丈院前，倒是一眼看见一树紫薇花，对着方丈院的屋檐开得极为绚烂、繁盛，好像每一朵紫薇花都商量好了，攒足了劲儿，一起开放，没有藏着掖着的，远远看去，好像一大团粉紫的烟霞。

　　开得这样繁盛的紫薇花，在国内好像倒是不得多见。印象里在苏州园林见到的紫薇，似乎总是更疏朗、更内敛一些。

　　回想起来，在日本，似乎每一种花木在盛放之时，都会格外繁盛、灿烂，密密匝匝，团团簇簇。随着季节的时钟指向某一时刻，一齐应时炸裂一般开起来，再随着季节时钟指向某一时刻，一齐应声落下，在地面上留下重重叠叠的花瓣，叫人心生惋惜，却也为花已曾经恣意绽放过而感到欣慰。

　　在明月院赏玩，看见介绍植物的标牌中，有一个日文表示花期的词——"顷"。顷，在中文里意为"极短的时间"，形容花期的短暂易逝——倒是很贴切。顷，古又同倾，倾倒，用来形容花绽放得如同倾泻而下的流水，恣意放纵，也似乎很形象。也许，日本人追求的，便是刹那极致后的寂静。花艺的风格与样貌，或许也映射了一个民族为人的哲学。

○明月院的紫薇

○明月院的紫薇

那么中国人追求的是什么呢？中国人追求的也许是"未满"，犹如易经里的未济卦和谦卦所表达的境界。满招损，谦受益，凡事做得太满，便必将走向衰亡了。于是古典庭院园林里的花，永远不会过于繁茂地盛放，永远是疏朗的，清幽的，枝叶间有着留白的，好似园林主人——那些文人士大夫为人境界中追求的"未满"境界。

"顷"与"未满"，也许并无高下，只是两种看待世界的态度，只是经历过了不同的人间风景而已。

黑莓

　　和童童在英国巴斯近郊的 Combe Down 小村庄住了一个晚上。小村坐落在一座静谧山谷中，小村四周，鲜绿的草坡随着和缓的山势连绵起伏。草坡上，绵羊成群，人烟稀少，有一座石头垒起的小小教堂，教堂外开满薰衣草。这里的一切令人想起哈代的小说《远离尘嚣》。

　　傍晚和清晨去小村外的田野散步，山路旁的栅栏里，随时可以看见野生的黑莓，像缩小了的迷你葡萄串儿，挂在枝叶间。半熟的，是鲜红色，熟透了的，是黑紫色，一串一串，一颗一颗，挂着露水，饱满诱人——竟然都没有人摘！

　　作为一个典型中国人，我按捺不住刻在基因里的欲望召唤，便站立在黑莓丛前，一颗一颗把熟透了的那些摘来吃。边吃，边觉得受到了土地的最大礼遇。啊，刚摘下来的黑莓真是好新鲜好甜，比运输到超市和网络平台那些好吃太多了。

　　后来，在伦敦，别墅区周围的栅栏边、依山的幽静小路旁，也见到了野生小黑莓，我便也忍不住停下来，一颗一颗摘着吃。听说英国很多社区有自发成立的互相监督的组织，不知道我有没有因为在路边摘吃黑莓，被他们悄悄列入黑名单。而作为一个中国人，我的思维也很简单——黑莓这么好吃，为什么不吃啊？

　　也许这也是中国人和西方人对待植物的观念差异。西方人看待一棵野生植物，首当其冲想到的，是它的观赏价值，而中国人见到一棵

山里的植物，脑海里浮现的第一个问题，大概是：这东西能吃吗？好吃吗？倘若是在西医不发达的时代，至多再深入想一步——可治得什么病？

　　想起寓居巴黎多年的友人远哲，有天忽然天崩地裂地喊着想吃糖葫芦，我抄来一份糖葫芦的做法，让他买来山楂自己做，他却回道：巴黎没有山楂！远哲说，他曾经偶然在阿尔卑斯山区见过一次野生的山楂，法国人竟不知道那东西能吃。听着真是让人好着急，山楂呀，做成山楂糕、山楂丸、山楂膏、糖水山楂、冰糖山楂、山楂片、果丹皮、糖葫芦……怎么弄不好吃？中医里，山楂还可以消食积，化血瘀。这样的宝贝，就这样白白在阿尔卑斯山间孤独地生长、结果、坠落，腐烂在泥土里了，真是暴殄天物。原来，在全球蔬果贸易往来如此便捷的今日，人们对物产的认知还有许多隔膜。

　　想起，原产地在南美秘鲁的西红柿，也曾经被南美人和西欧人白白晾了几百年，只因为西红柿颜色艳丽诱人，在南美被讹传为"有毒"，几百年来没人敢尝试吃下第一口，还为其取了一个很穷凶极恶的名字，叫"狼果"。十六世纪，西红柿被一位公爵带回欧洲后，大家也继续只把它当作观赏植物，年轻的男子把它送给心爱的女子，但谁也没想到要尝试吃它。后来据说是一位法国画家有一日实在按捺不住好奇心，开头吃了一口西红柿，发现味道酸酸甜甜，十分可口。那画家吃完西红柿，便到床上躺平，等着"毒性发作"，然而什么事都没有发生。

于是，今天的我们在西餐中得以频繁地看到番茄酱、茄汁意面、番茄色拉……

要我说啊，如果西红柿当年不是从秘鲁先传入西方，而是先传入中国，人类对"西红柿可以食用"这件事的发现，至少可以提早二百年。

处暑

处暑，一度暑出秋始来。《月令七十二候集解》中说：「处，去也，暑气至此而止矣。」「处」是终止的意思，「处暑」表示炎热即将过去，暑气将于这一天结束。

处暑，「离离暑云散，袅袅凉风起。池上秋又来，荷花半成子」。此时苏州园林中的紫薇与白薇，开得正繁密。年年紫薇相似，人间已几度春秋。苏州阳澄湖边的凉亭外，犹有残荷听雨声。

临水照花

几春秋

2020 年的早春是在新冠肺炎疫情的重重阴霾下度过的。居家隔离的日子，我一边与东来在线上组织募集捐款，向第一线医务人员捐赠医用防护用品，一边在写《二十四节气——中国人的时间智慧》一书。写的是节气，却度过了与时节变幻最遥远的一段时光。那些日子，只是透过一扇窗去知晓，梅花开，梅花落，玉兰开，玉兰落，李花开，李花亦落了……

四月，全国疫情的紧迫形势得到了缓解，我的书稿初稿也完成了。从疫情与书稿两座大山的压迫下抽离出来，整个人，仿佛一次涅槃重生，真是说不出的轻快。还好春天还在，约上东来，去苏州赶赴晚春好光景。

繁琐的入园绿码查核，网络预约人流限制，不断请你游览过程中全程佩戴口罩的工作人员，都提醒你，疫情的阴霾还没有完全过去。我们游园的心情也自是与以往不同，人蒙蒙的，面对生人有一点点羞怯，有一点点交流障碍——要知道，我们可被关在家里近三个月了呀。可路上遇见的游人，脸上似乎也都有种"松口气"的释然——疫情最艰难的时分总算过去了。许是受到陈从周老先生主持营造的纽约大都会博物馆复刻版殿春簃——明轩的影响，往日里网师园的海外游客远远比其他园子多，英语、意大利语、西班牙语、印度话……在小小春光明媚的园子里交杂入耳。而今，疫情之下，国门紧锁，这些海外游客的身影都见不到了。

○临水照花几春秋

进到小园，心情不由变得轻快而明媚起来——全世界人类遭遇流疫祸患，草木的世界可丝毫未受到干扰，自顾自地依照时序，发芽，生长，开花，甚至或许因为少了人类的干扰而生长得更加烂漫自在。射鸭廊外的水边石矶上，一树紫藤照水，垂下丝丝花绦，每一小朵花瓣，就像一只紫蝴蝶，映着蓝天，展翅欲飞。那紫藤花的花影，就投映在水里，荡起紫色的涟漪。我们绕湖半周，来到月到风来亭，再向水对岸望去，一方短廊，一树紫花，一面粉墙，几块湖石，就如一幅静谧的画图，将影子投射到湖水里。

好一幅春光明媚的画卷，令人忍不住想用镜头记录下它。我穿廊走巷，回到射鸭廊前石矶上的紫藤花树下，东来就在对岸的月到风来亭，摁下快门，留下这非同寻常的、庚子年春日网师园"临水照花"的留影。在湖边发了一会儿呆，我又转回月到风来亭，想到还没有和东来合影，刚巧看到亭子内侧的墙上，安置着一面镜子，一下子把对岸紫藤花下石矶的画图，尽收在镜子中，于是和东来对着镜子，用手机拍下了一张合影——两个人都戴着口罩，留下疫情下第一次游园的特别纪念。

得益于中国疫情防控的周密部署，相对于国外疫情愈演愈烈的态势，此后的日子，工作、旅行、生活基本如常。可就在第二年七月，疫情卷土重来，中国南京、张家界等地出现印度变异病毒德尔塔，我和身边的朋友陆续取消了预定旅行，静观其变。又是难挨的一段时光。好在，这一波疫情很快被控制住了。而我也在此期间，完成了《草木有情》的初稿。

九月初，正是天高云淡的人间孟秋好光景，又约上东来一同来网师园赏银薇和紫薇花。走到射鸭廊，才觉此情此景和此时身边人都似曾相识——呀，又是东来，又是网师园，又是从疫情和书稿两座大山里解脱出来，和去年的情形是如此相似。

只是那射鸭廊外的石矶上，紫藤花早已随着燕子归去，换作几树银薇花，小小的花瓣打着褶皱，团簇在一起，洁白，素净，在湖上投下星星点点的光影。我穿着青绿缀碎白花棉旗袍，站在石桥上、石矶上，赏花，拍花，忙得不亦乐乎。

转到月到风来亭，再望向方才驻足的对岸，秋光自不与春光同——

一方短廊，几块湖石，几树银薇，投射倒影在宁静的湖水里。如此画图，少了春日的妩媚，多了秋日的敛静。那么也在这样的秋光画图里留下一张照片吧。我沿着湖岸走回对面的射鸭廊前，凭栏望着湖水，又留下一张"临水照花"照片。回到月到风来亭，望见那面镜子，想起去岁春日与东来留下的合影，再携着东来的臂弯，对着镜子留下一张以秋光为背景的合影。

回到家中，对比两年照片中的季节变换和人间光景转变，戏题小诗一首：

> 去年胜日此亭中，
> 满园春色看紫藤。
> 紫藤已随玄鸟去，
> 焕作银薇引秋风。

胡兰成曾形容张爱玲是"民国世界的临水照花人"。我们常常钦羡文学大家辈出的民国时代，但仔细思量，那个大时代背景下的大师与文人们一生多是身似浮萍、命运多舛的……民国时期外侵内战不断，几乎没有真正意义的和平年代，那是一段在和平年间成长的我们远远无法想象与背负的沉重、沉痛的历史。相对于国恨家仇、颠沛流离、背井离乡的苦难和哀愁，我们在和平年代经历的一场流疫，我们平日遭受的那点煎熬与苦恼，简直不堪一提。

小园草木有着最本初的对四季轮回的感知，在它们应当开花的季节，不会缺席，烂漫生长。疫情，亦有它此消彼长的起伏轨迹。人间事，有其从发生、发展到结束的轮回轨迹，在一本书一本书的书写过程中，我或许多少得到一些自我沉淀和成长。万事万物，看似无常，却也在其生、长、收、藏的四时有序中轮回着，逐渐走向它们最接近惯常自然的状态。

在这急景流年的光景里，我们，不妨也做那娑婆世界里心绪平静的临水照花人。

留得残荷听雨声

处暑时节，与友人于细雨中在苏州阳澄湖边漫步。行至一片荷塘，见荷塘上犹有残荷几朵。兴致一起，不由走上塘中小堤，步入荷塘中小岛上的凉亭中看残荷。

池塘上已见几分萧瑟秋色。荷塘上的荷叶，经过一个盛夏的疯长，碧叶连波，密密匝匝，而那叶子，犹如临近盛极必衰的节点，已见微微残卷。绕着小岛走半圈，只见到稀稀拉拉的两三朵残败荷花，在雨中微垂着重重的头颅，似乎已感知花事将尽，任凭秋风秋雨蹂躏，撒下一两片花瓣在花下的荷叶上。那情状，与夏日盛放着的荷花的天真趣致大不同，却也有几分凄美，几分耐看。

我们在岛上踱步，发现一处岸边系着一只木舟，一时兴起，小心翼翼登上了小舟，直走进那"接天莲叶无穷碧"中去，闭上眼睛，静静聆听着细雨敲打周边荷叶错落有致的沙沙声响，一时像遁入一个碧绿色的梦境。此时情境，正是周邦彦的那句小词：

> 小楫轻舟，
> 梦入芙蓉浦。

也是李义山的那句：

○留得残荷听雨声

秋阴不散霜飞晚，

留得枯荷听雨声。

想起李义山的原句为"枯荷"，在《红楼梦》里被黛玉改成"残荷"。宝玉对着荷塘的荷叶道："这些破荷叶可恨，怎么还不叫人来拔去。"林黛玉道："我最不喜欢李义山的诗，只喜他这一句'留得残荷听雨声'。偏你们又不留着残荷了。"宝玉道："果然好句，以后咱们就别叫人拔去了。"

窃以为，残荷，比枯荷更得凄美意蕴。

诚然，"留得残荷听雨声"的孤冷清韵，非得是心极其细腻的人才懂得。李商隐在孤旅中思念友人时懂得，易感多愁、念着一段情分的黛玉天生懂得，心思单纯的宝玉初时却不懂得，直想拔了去。

这解开萧瑟秋雨敲打残荷声韵情趣的门，原也只向着心有所钟、心有所念的人们敞开着的呀。

白露

白露，天气转凉，清晨的露水随之日益加厚，凝结成一层白白的水滴，所以就称之为白露。《月令七十二候集解》中说：『水土湿气凝而为露，秋属金，金色白，白者露之色，而气始寒也。』

白露，露从今夜白。天高云淡，树静风清。紫薇花依旧，桂子缀满枝头。芦苇荡起千层浪，鱼儿逐叶知仲秋。醇和不过白露茶，甜糯不过白露酒。

此时江南的第一茬桂花开了。『山寺月中寻桂子，郡亭枕上看潮头。』每年这个时节我会到杭州灵隐寺周边的法云村寻桂。枫叶荻花秋瑟瑟。白露时节，亦是看草的时节。江南的湖泊边，芦苇、荻、班茅、蒲苇、芒草、粉黛乱子草，在晴天雨天、晨曦暮霭中，闪着微芒，如同万物敛藏的天地中滋生的希望。

山寺月中寻桂子

有一年秋日，微雨中与友人到访法云村。

刚踏上青石板路，便有桂花的香气在潮湿的空气中一层一层地袭来，在青瓦檐儿上，在屋角，在溪边，一树一树金桂开得绚烂。石板路上，栅栏门前，处处落花如雨。另有一树高大的老丹桂，翠葳如盖，间杂着密密匝匝的橙红花簇，开得格外纷繁。正仔细端详着，耳边出其不意传来灵隐寺的杳杳钟声。

这是那一年秋日里在江南收获的最美的记忆。于是便习惯了，在法云村看桂花。如果把时光倒转几百年，灵隐山间与满觉陇赏桂的情境自是没有参差，而时到如今，法云村的氛围显然更清幽古雅一些。

关于灵隐寺方圆几里的桂花，有一个传说：在唐代，一年中秋，皓月当空，灵隐寺的寺僧德明忽然听到寺庙外传来滴答滴答的声音，打开门张望，竟发现月亮中纷纷落下许多珍珠般的小颗粒。德明赶紧捡回来满满一兜，第二天早上带给智一长者看。智一仔细端详了一会儿，说："说不定是月宫中落下的桂子。"言罢，师徒二人便把桂子种在了寺前寺后的山坡上，到了第二年中秋，每棵树上都开遍了桂花，有金桂、银桂、丹桂。从此以后，每年中秋佳节，灵隐寺便浸润在桂香熏风中了。也许，这个传说便是唐代诗人宋之问《灵隐寺》中"桂子月中落，天香云外飘"的由来。如这美好的传说所言，那么这灵隐寺门前法云村的桂花树，比满觉陇的桂花树更"近月"了呢。

○山寺月中寻桂子

○山寺月中寻桂子

　　2020 年中秋节前后，我从西藏赶回上海，参加一场名为"花落之前"的插花展览活动，心中却十分牵挂着去杭州看桂花，生怕就此误了花期。活动结束后，赶紧收拾起行囊，奔赴杭州。

　　提着茶篮子行到郭庄，发现湖边那棵桂花树早已经凋谢，真是因"花落之前"而赶上了个"花落之后"啊。

　　对命运素来"逆来顺受"的我依然铺陈开茶具，对着半湖残荷细雨泡了一壶桂香隐红，桂香，茶香，丝丝密密融合，微雨天里落入肠胃温暖惬意。若是几天前，头顶那一树桂花繁盛地开着，湖风吹过，洒落点点桂花雨，与这桂香氤氲的茶汤，便更相称了，那情境该多美……

　　傍晚到法云村吃晚餐，倒是遇到了一棵懂事的金桂花树，知道我来，还在坚挺地开着，没有多少颓态。香气在小雨中零零落落地飘来，算不枉行过了这个桂花季。

　　晚间在法云安缦和茶馆吃了一顿晚餐。酒足饭饱，夜色中哼着歌踱步法云弄的石板路，冷泉在小路边潺潺相和。忽然，就撞进一团浓郁的桂花香气里，夜色太深了，我看不分明花树在哪里，只能原地伫立，闭上眼睛，感受被富有张力的桂花香气从四面八方温暖包围的抚慰。——有时候移除了视觉，你会更专注体会到某种撞击内心的无声息的感受。

此情此景，不由得令自己在夜色中山寺前桂花树下的雨中，撑着伞静静伫立了好久，心中念起白居易的那首词：

> 江南忆，
> 最忆是杭州。
> 山寺月中寻桂子，
> 郡亭枕上看潮头。
> 何日更重游。

[江南桂花糖]

　　取一块布铺在桂花树下，轻摇桂树，收集桂花。桂花过筛，挑干净叶子和泛黄花瓣，用水洗一遍。把桂花放在纱布上沥干水分，放阴凉处阴干。撒一些盐，用手捏一下，腌一下后，把渗出来的水挤干，去除涩味。在瓶子底部铺一层桂花，桂花约一厘米，放一层白糖，白糖约两毫米，直至瓶口，压紧、密封。三天后桂花糖即成。

秋草

白露时分，是看秋草的好时节。

阳澄湖边昆山昆曲学社周遭的湿地上，就有这样茫茫一片秋草。初秋时分，与来自印度的瑜伽老师 Prabhakar 先生和友人在学社茶聚，忽然来了一场秋雨，霎时多了些秋天的况味。喝过茶，雨也住了，三人一起乘兴到湖边湿地漫步。经过一个夏季雨水的滋养，湿地上的秋草恣意蔓生疯长，绵延无尽，直到天边去。

沿着木栈道深入秋草深处，凑近去细看：那小扫把一样高举着穗子随风摇曳的，是芦苇；雪白的，是荻花；绛红的，是班茅；粉红色如烟似霞的，是粉黛乱子草；像狗尾巴一样俏皮地摇来摇去的，是儿时熟悉的狗尾巴草。

Prabhakar 走到狗尾巴草田边，忽然停下来，用手把狗尾巴草穗儿从下往上撸，撸下一手的毛穗子后，再唰的一下，如天女散花般，撒在半空中。我一时觉得又好笑又有点无聊，不知该说什么好。Prabhakar 则歪歪头，稀松平常地说，印度小孩儿都这么玩儿。

而我们小时候，只会用狗尾巴草来编织小狗子玩儿。想到此，不禁莞尔一笑——同一种不起眼的小草，在不同国家孩子眼中的小世界里，有着迥然不同的趣味。

三个人沿着木栈道，穿过茫茫秋草，继续向着湖岸的方向行去。这时，脸颊上忽然有点点凉意，天空又洒下了几点雨滴。而我们已经深入湿地

○秋草

中心了，没有一个人携带雨具。

想起 Prabhakar 先前对我说，印度人几乎是不打雨伞的，因为太喜欢淋雨的感觉了。我去印度时是初冬，已经过了雨季，因此对印度的雨没有概念。Prabhaka 说，印度与江南气候不同，天气酷热，被淋湿的衣服很快会被烘干。我问，那头发呢？他说，也会很快被晒干。我问，那如果是大暴雨呢？Prabhakar 说，哦，大暴雨啊，孩子们会一窝蜂从房间跑到户外超级开心地淋雨。说着，Prabhakar 还做了一个用双手轰小鸡一样的动作。

转而，那天空中偶尔飘落的几滴雨滴，变成蒙蒙细雨，继而变成豆大雨点的大雨。绵长的雨丝，与湿地中绵长的秋草交融在一起，令此时的天与地仿佛融为莽莽苍苍不可分割的一体。而在这莽莽苍苍的天与地之间行走的我们，竟都没有浮现出慌忙或狼狈的神情，也都没有往回赶的意思，而是在大雨中继续恣意洒脱地向着湖岸方向前行。

有那么一瞬间，我甚至张开了手臂，感觉周身每一个细胞得到了最大的舒展，融化进那绵长雨水与秋草之间，溶解进莽莽苍苍的天与地，与自然和谐地融合在一起。

没有固定的漫步路线，我们只随心所欲朝着大致的湖岸方向信步前行，待到真的走到湖岸，再随心所欲选另一条路折返到停车场。当中也迷过路，但最终还是找到大路返还。抬眼看看时间，我们竟然就这样在雨中的秋草间走了一个半小时。

坐回友人的车后，Prabhakar 望向窗外的秋草，嘟囔道："还是在雨中暴走好玩啊，坐车不好玩。"我不置可否。友人也说："亏得同伴是你们，一般人会以为我们是疯子。"三人大笑。回到友人工作室，我们每个人换上干爽的衣物。晚上又喝了碗姜汤，便都没有染上风寒。

回顾在莽莽苍苍的秋草与雨水中畅快行走的经历，真是一次难得的与自然亲密接触与交融的经历，一次难得的畅快淋漓的人生体验。

秋分

秋分，《春秋繁露·阴阳出入（上下篇）》中说：

『秋分者，阴阳相半也，故昼夜均而寒暑平。』在江南，秋分意味着真正意义的秋天来了。

秋分日，秋色正中分。帘外秋雨瑟瑟，满园桂花甜香。『最是柿红橘绿时』，青蟹肥熟，草木滗青黄。

草木半青黄时节的秋树是美的，倘若在树间缠绕着泉泉烟岚，那更是秋景光阴中的妙境。每年此时，我都想去九溪烟树的水边小坐，看看远山秋树，看看烟霭雾岚。于是悟到了中国山水空境留白之美。而此时，满觉陇的丹桂正『独占小山幽』，一阵仲秋风过，洒落点点粟金，正是『满陇桂雨』好秋景。

九溪烟树

十月，秋高气爽，与家人去杭州九溪十八涧游玩。

车驶进西湖群山间，还未到达九溪十八涧，我兴致一起，找来张岱的《九溪十八涧》一文，在车里朗诵起来："九溪在烟霞岭西，龙井山南。其水屈曲洄环，九折而出，故称九溪。其地径路崎岖，草木蔚秀，人烟旷绝，幽阒静悄，别有天地，自非人间。溪下为十八涧，地故深邃，即缁流非遗世绝俗者，不能久居。"

有了明人张岱笔下先入为主的画面做引子，再进入九溪的山水与烟树之中，有如坠入文字营造的草木山水妙境中。

走到溪中溪，但见青山前洞开一座池塘，塘上风光，如温庭筠的小词："秋色连波，波上寒烟翠。"那远山腰，浮现黛蓝色的雾岚，山间的树，许是栾树、乌桕、槭树与枫，已在青绿中渲染上红的黄的斑驳陆离的色彩。那色彩映入水中，映得湖水泛起五彩斑斓的涟漪，一层层，随着秋水荡漾开去。水上，有一座小汀，小汀上，有一棵繁茂的秋香绿色的秋树，树影在远山黛色前浮现出来。倘若只有自然风光，尚撑不起中国山水的意境，最妙的是那远山黛蓝色的雾岚中，隐藏着古迹碑刻与小桥，等待着有意寻幽的人的探访。而在我的头顶，一棵不知名的树正垂下繁密的枝叶，那绿色的小阔叶中夹杂着红色的秋叶，红与绿，交错叠加着，为我撑起一方树荫。九溪烟树，景如其名。这眼前的景致，让我立在石矶上久久不忍离去。

○九溪烟树

树是美的。美到足以匹配中文里极美好的词汇。怪道中国文人山水画中这样喜爱描摹树的身姿，怪道倪瓒为自己画的树命名为"嘉树""君子"。

而烟也是美的，美到在中国的山水风景中不可或缺，成为点缀意境的绝妙留白之笔。

宋人惠崇的《沙汀烟树图》，南宋夏圭的《遥岑烟霭图》《烟岫林居图》，秀清的嘉树后，无不托着浮云烟霞；倪瓒的《秋亭嘉树图》《六君子图》，亭亭直立的树木后，无不衬有山前留白意指的雾霭山岚。

有树无烟，山水里就少了一分神韵；有烟无树，则云逸里少了自然山水的清朗。

想起画家竹庵老师谈起如何解读中国画时曾说，宋以后的文人绘画，读者必须先弄清楚中国文化中非常核心的一个概念"志于道，游于艺"，才能读懂。这里的"道"，贯穿了中国人的自然观、文化观和审美观。因此我们能在画中感受到"士气""仙气""烟霞气"这样一些独特气质。

也许，"九溪烟树"之美的点睛之笔，不在于"树"，而在于"烟"吧。也许那一层淡淡的云烟，才是我们今人摹画山水和传承古典美学最易缺失的东西。

满陇桂雨

有木名丹桂，四时香馥馥。

花团夜雪明，叶翦春云绿。

风影清似水，霜枝冷如玉。

独占小山幽，不容凡鸟宿。

这是我平生读过的第一首写丹桂的诗，出自白居易。读诗时便不禁
遐想，一整座幽静小山，被香气馥郁的丹桂覆盖，中有嘉鸟穿梭鸣唱其间，
这样的画面是多么美妙，不知何时能身处这样的人间胜境。

许多年后，我第一次赶在深秋桂花的盛花期，来到西湖新十景之
一——满陇桂雨赏桂。刚走进满觉陇的山谷，已觉被桂花的甜香湮没。
沿着山前小路，穿过儿童乐园地带，渐渐走入绿木拢翠的清幽佳境，
再向前走几步，往小路右边看去，只见一片小山前的山坡上，朱英丹
华，如云似锦，开就一大片丹桂，花气袭人，沁人心脾。近处的丹桂
树上的花，色彩鲜丽一些，远处的几丛，则笼着淡紫的山岚，相对浅
淡，远远近近交相呼应，繁密到眯起眼睛看时，如同坠入一个甜香幽
静的清梦。

这时，有鸟儿忽地从丹桂林中飞起，划过小山前。

此时情境，不正是白居易诗里的"独占小山幽，不容凡鸟宿"吗？

便觉得悔恨莫及。来江南二十年了，其中到杭州赏桂也许多次，每

○满觉陇的丹桂

次路过满觉陇，都觉得已改造成儿童公园的园子太吵闹，每次只在墙外看看，因此不知错过多少回满陇桂雨公园的赏桂妙境。

　　人说杭城有三雪：西溪的芦花，为秋雪；灵峰的梅花，为香雪；满觉陇的桂花，则为金雪。想那桂花树下青石上、台阶上，西风拂落的层层落花，不正如金色的霜雪吗？因着"山寺月中寻桂子"这一句词，每年赏桂，我必然想到杭州来看。杭州与桂花的深厚缘分，不仅在于灵隐寺"桂子月中落"的传说，不仅在于数不清的唐诗宋词，也在于桂花已被今人立为杭州的市花。满陇桂雨被列为西湖新十景，不过才三十来年的事，但西湖桂花堆锦，却从唐朝便开始了。翻读写桂花的唐代诗篇，大量笔墨都在书写西湖北山灵隐、天竺一带寺庙附近的桂花。到了明代，满觉陇的桂花开始声名鹊起，渐渐取代了灵隐和天竺桂花的地位。明人高濂在《满家弄看桂花》中记述："桂花最盛处唯南山、龙井为多，而地名满家弄者，其林若墉若栉。一村以市花为业，各省取给于此。秋时，策蹇入山看花，从数里外便触清馥。入径，珠英琼树，香满空山，快赏幽深，恍入灵鹫

○金桂

金粟世界。"

我初时也只喜欢到灵隐寺边的法云村赏桂，是因为那里的清幽石板路和时时传来的杳杳钟声以及岩石上的佛造像，与被宋人誉为清雅高洁的"岩友""仙客"的桂花十分相宜。后来得知，满觉陇这座南高峰与白鹤峰之间的山谷，从前也是多有寺庙的，最早可以追溯到吴越时期，其中有一座圆兴院，北宋年间更名为满觉院——满觉，意为"圆满的觉悟"——地亦因寺而得名。桂花，大约便是一代又一代寺僧所植种的，并渐渐蔚为可观。如今山谷间的山路边、山坡上、石崖前、涧水畔，植有七千多株桂花，其中多有二百岁的老桂花树。只是那些古寺名刹，已经在历史的洪流中毁坏废弃，消失在桂花丛林中了。

了解了这些典故，再回味"满陇桂雨"四字，意味立时有些变化，那随风洒落的桂花雨，似乎有宋时"圆满觉悟"的"法雨"意蕴。

消逝了的风景，亦可以成为时间的留白，当你再重新走在满陇桂雨蜿蜒曲折的山路上，在桂花林中回望，可以想象一下，那繁密的桂花树间，曾经偶尔露出的古刹飞檐，曾经偶尔传来的杳杳晚钟；可以在桂花洒落在肩头时，想象，去沐浴那宋时的法雨遗风。

[丹桂花茶]

早起采花，避免花被曝晒。用鹅毛仔细挑拣，剔去碎叶和变色花瓣。桂花用水洗净，入锅煮沸，捞起冷却，静置几小时。用冷开水漂洗一次，沥干，挤干水分。按照 1:1 比例放入白糖，充分搅匀混合，密封储存。

寒露

寒露，《月令七十二候集解》中说：「九月节，露气寒冷，将凝结也。」此时气温比白露时更低，隔着一个秋分，却有凉意的递进，地面的露水更冷，快要凝结成霜了。

寒露日，露凝结，鸿雁来，人敛静。「泉泉凉风动，凄凄寒露零。」天高云淡，月朗星稀，菊有黄华，芙蓉展酡颜。一杯寒露茶，书房卧游天地宽。

万物萧瑟的深秋，幸有木芙蓉这一抹亮色，温柔温暖了寂凉清秋。在西湖边，在江南公园的水边，时常得见木芙蓉临水绽放。于是在匆匆走过人间四季时，不忘去会一会那芙蓉花，让她来见证自己每一个阶段的起始与成就，共谱人间韶光。

草木为证

　　大学毕业后，我刚刚跨入广告业，第一次跟拍广告片，看到导演在取景点山水间摆出个祭坛来，供果香烛，样样周全。导演领着全体剧组三叩九拜，祈祷拍摄顺利，是为"开机仪式"——好像是从港台导演那边传来的习俗。

　　对我来说，最打动我的，是这种向天地神明昭告——"我要开始做这件事了"的仪式感。

　　后来，每写一本书，我也会为自己做一个开笔仪式。

　　《草木有趣》的开笔仪式，是在西湖东岸的一棵一人多高的木芙蓉花下进行的。彼时正值深秋，我漫步到西湖边，邂逅了这一树木芙蓉花。芙蓉正开得烟姿霞貌。花瓣打着细细的褶皱，任卷任舒，意态天然。一阵湖风吹来，花枝随风轻轻摇曳，抖擞着精灵气儿。

　　"那么就由你来见证《草木有趣》的开笔吧。"我站在这一树木芙蓉花下，对着湖山，闭上眼睛，合掌默默祈祷，祝福《草木有趣》写作顺利。而后，在附近的一家餐馆美美吃了一碗笋干面，在南山路一家咖啡馆落地窗前写下了第一篇文章——《春笋》。《草木有趣》的开笔仪式，便完成了。

　　三年后，《草木有趣》出版了，欣幸承蒙厚爱，在出版后两年间加印了十五次。

　　后来，人民文学出版社的编辑老师向我约稿，我的第二本关于人间草木的集子《草木有情》也初步确定了下来。

○芙蓉花

○草木为证

　　临要落笔，我再次想到来杭州，仿佛只有这座城市的山水烟云与草木柔情能给予我信心和力量。新书的插图，有一点山水画的意味，于是来到西湖另一岸的黄公望旧居原址子久草堂。是日正值西湖三月，浴鹄湾水岸绿柳如烟。我撑着油纸伞，站在子久草堂外的水台上，望着眼前的西湖烟水，那宽阔的湖面、远山与雾岚，仿佛在我心中撑开了一方薄绢，等待我用水墨去信笔渲染，而背后，似乎又感受到黄公望对后生的加持力量。我便对着湖面默默许愿，祈福《草木有情》写作绘画皆顺利，随后，在浮云堂茶室伴着菊普与小茶点，落下了第一笔。《草木有情》的开笔仪式，也便完成了。

　　人间又一度春秋，几个月笔耕不辍，到了秋分时节，《草木有情》初稿完成了。于新的游历与写作过程中，我似乎更深入地走进了草木世界，对世界、对自然、对植物与人类和谐相处的意义亦有了更深一步的认知。

　　再次来到子久草堂，在浴鹄湾漫步，沿着湖岸向东前行，忽然见到一处水岸边，立着一丛粉红的花树，娴静幽雅地躲在树荫中——不正是我的老朋友木芙蓉么？那花树开得如此繁盛，远远望去，好像升起在空中的小小烟花，将花枝散漫开来，又将朵朵花影洒落在湖水中——好似

○木芙蓉

早就预谋好了，在这里等待着我，为我庆祝《草木有情》的封笔。

望着那一树木芙蓉，又回忆起在西湖东岸陪着我做《草木有趣》开笔仪式的那一树木芙蓉花来。两树木芙蓉花隔着一座西湖和五年的时光，彼此映照，这其间，是我用脚步、用文字、用画笔来记录人间草木的无数辛苦而又有情味的日子。

感恩有一草一木，见证着我在草木世界中日益深入的探索后，那些闪着微光的福慧增长。

[芙蓉羹]

将整朵的新鲜木芙蓉花洗净备用。烧热油锅，倒入清水煮滚，依次加入木芙蓉花、米醋、糖于锅内。用生粉水勾芡，最后撒上胡椒粉即可。

丹柿小院

霜降时节的北京，天空透着清亮亮的瓦蓝，瓦蓝的天空中，偶有鸽子群呼啸飞过。走在胡同里，目光顺着鸽子群划过的弧线，落到灰色的砖墙上，便偶尔可看见挂着红灯笼般柿子的柿子树。

于是就在这一念间，想起老舍先生的丹柿小院，想去那座院子看一看，想必此时院子里的柿子也已红彤彤缀满枝头了。

走进位于灯市口西街丰富胡同19号丹柿小院的黑漆大门，果然见到院子里的两棵柿子树已是果实累累，红彤彤的柿子映着瓦蓝的天空，令人想起"柿柿如意"的美好寓意，分外欢喜。小院是一座北京老式四合院，有两间南房，房间窗棂是老北京传统四合院的怡红快绿，北京秋日特有的清亮阳光，透过柿子树，把婆娑树影洒在窗棂上。空气里透着北京清凉与温暖交杂的秋日气息。

南房，如今已改造成了老舍纪念馆，迎面可见老舍先生抱着慵懒猫儿的照片，于是觉得空气里仿佛立时有了老舍先生生活过后留下的温存气息。

听老北京人说，过去北京人的院子里种树有许多讲究。老北京俗话说："桑松柏梨槐，不进府王宅。"老北京人似乎更偏爱春日花木芬芳、秋日果实累累的树木，譬如石榴、丁香、海棠、枣树、核桃树和柿子树，象征多子多福，寓意吉祥。其中，柿子树因为侧面看起来像吉祥的"吉"字，寓意取谐音"事事如意"，成为许多老北京人家院子里最青睐的树种。梅

○丹柿小院

兰芳、徐志摩故居院子里都种有柿子树。但以柿子为名的宅子，便只有老舍的丹柿小院了。

两棵柿子树，是老舍从美国回到北京购置下小院子后，于五十年代初托人从西山林场移植回来的，刚种下去时树干只有拇指粗，长到近第十个年头，树干直径已有海碗粗了。后来，老舍的夫人胡絜青给小院起了"丹柿小院"这个名字。

老北京有个风俗，叫"送树熟儿"，是个老礼节，意思是，把自家院子里果树丰收的果实，送给街坊邻居。于是，每年秋天，院子里的柿子树结果了，老舍先生也乐得去采摘来，挨家挨户送给朋友与街坊，把柿子寓意的"事事如意"，分享给邻里与亲友。这情状，让人想起王羲之鼎鼎有名的《奉橘帖》："奉橘三百枚，霜未降，未可多得。"短短几个手书的字迹，是中国人与友人在季节流转中以四时风物互道安好的习俗，中国人满满的情谊都在这果物和字纸里面了。

在邻居和朋友口碑中，老舍先生为人处世非常平易近人，小小的丹柿小院，不是老舍先生孤芳自赏、大隐于市的寓居之处，而是敞开着的大门，不吝于将美好的东西与他人分享。上至国家总理，下到街坊邻里，都是丹柿小院的座上宾。

当我再次走回小院时，抬头望见有鸽子群呼啸而过，低头瞥见柿子树下立着一只牌子，标示着"小心柿子掉落"。

忽然想到，丹柿小院的柿子树并不简单，它们蕴含着的是老北京人传统四合院群落彼此关心、乐善好施的社区文明，体现着中国人独有的与四时风物相应的温暖人情味儿，如同京城这透亮和煦的阳光一样温暖。

[柿饼]

秋日里吃不完的柿子，可做成柿饼慢慢吃。

选择偏硬的柿子，洗净后把外皮削下，把削下的柿子皮拿到太阳底下晾晒干后，收起备用。烧一锅开水，把削掉外皮的柿子放入开水中烫一下，捞起控干。用绳子在柿子硬蒂上打结，将柿子吊挂起来晾晒，天晴时挂出来晒太阳，阴天了就拿到通风处风干。在过程中，每隔三到五天捏一次柿子，前后捏三次，大约需半个月，但不要超过二十天。第一次稍微压、捏即可；第二次力度要轻柔，以防捏破；第三次可稍微加大力度把柿子彻底捏压成柿饼，捏好之后继续晾晒几天。

晾晒好后，在箱子里铺撒一层晒干后的柿子皮，再叠放一层柿饼，一层柿皮一层柿饼，最后以柿皮封顶，以焖出柿饼白霜。十多天后，柿饼表皮就会分泌出糖分，形成白霜。当柿饼长满白霜之后，柿饼变得香甜软糯，便可储存起来慢慢享用了。

霜降

霜降，《月令七十二候集解》中说：「九月中，气肃而凝，露结为霜矣。」人们一般把秋季出现的第一次霜叫作「早霜」，又叫「菊花霜」，因为此时菊花盛开。霜降是秋季的最后一个节气，秋向冬过渡的开始。

霜降日，气肃而凝，露结成霜。醉人枫红与桐黄。百草尽谢，菊华独芳，柿红枝重，蟹肥膏黄。

霜降时节，江南赏秋菊，北方看黄叶。每年此时，苏州耦园、上海醉白池等园林都会办菊花展，各类菊花竞相斗艳。而额济纳旗的胡杨林，则像燃着了黄色的树火，黄得那么透彻，那么明亮。在十几公里开外的怪树林，却横陈着各种姿态的死去后的胡杨树。怪树林的「死」与胡杨林的「生」形成视觉上的极度鲜明的对比，引人遐思。

醉白池赏菊

辛丑年深秋，与好友、汉声出版社前资深编辑翟明磊老师和挚友东来，相约到松江醉白池赏菊。

时值晚秋，百花已尽数凋零，进得园子一路唯有一丛丛菊花相伴。黄菊、绿菊、粉菊、白菊，平瓣、匙瓣、管瓣、桂瓣，或倚在墙角，或傍着青石，或立在路边，令人目不暇接。我与东来游移花间，踟蹰不前。翟老师却疾步走在前面，时不时回来催促我们道，名品和好园子还在里面哩！

走过一座石板桥，穿过一条林荫道，这才走进明清内园，果然更入佳境。沿着方塘边回廊，行至老樟树边，曲径通幽，峰回路转，眼前水路上方出现一栋建筑，上书"醉白池"三个字，这里便是雪海堂了。明清内园里大大小小几座厅堂的花几上，都陈列着名品案头菊，以雪海堂所陈列开得最好，品种最多。

同为东篱遗爱、陶渊明笔下的花之隐逸者，案几上的名品却各有自己独特的风姿，各有自己明朗的性格。有名为"秋染红霞"者，金黄色，匙瓣，花瓣烂漫无章地卷曲，好似金秋落霞，又透着一丝不羁；有名为"瀑水流冰"者，最是令人惊叹，纤细的白色花瓣，如缕缕丝绦、条条璎珞，长长地垂挂下来，也如瀑布流水、崖上冰挂般，柔柔地倾泻下来，是花中隐逸之众中冷艳者；有名为"钢花吐蕊"者，花瓣黄色中带着一些青褐，花瓣不多，却根根伸张有力，好似附着了钢筋铁骨，是隐士中的刚

○醉白池赏菊

强不屈者;有名为"众音松吹"者,形态十分奇特,黄色的花蕊悉数露出,再从中延展出桃红渐变色的花瓣,随意地垂落下来,像是有几分醉意的酡颜仕女;有名为"银越山"者,白色花瓣向心合抱,攒成一个硕大的叠瓣花球,是隐士中的温厚端庄者;另有名为"国华献上"者,与"银越山"十分相似,却是粉紫色,好一朵粉紫叠瓣大花球,有着牡丹一般的雍容华贵,怪乎其名为"国华献上"了。

　　从雪海堂走出,踱步到老樟树前,便来到整座园子仅存的两座明代建筑遗存前。两座明代建筑,其一为董其昌泼墨作画的厅堂挂颣山房,当中也陈设了几盆名品菊花;其二为董其昌邀请好友知交凭栏小憩的画舫式建筑疑舫。走进两座建筑,立时觉得气息与别处不同,似乎明代建筑中,建筑与人的比例更令人倍感舒适,一切都小巧精致,简约流畅,恰到好处。这种"一脚步入明代"的感觉,与在扬州何园闲逛,一脚踏入片石山房的感觉很相似。

　　脑海中不禁浮现董其昌在挂颣山房泼墨作画,在疑舫与友人茶集酒聚的风雅情状,不知那时醉白池可有好菊花伴着这位对书画史影响颇深的书画大家?

　　想起董其昌是有题过咏菊诗的,便找来诗句吟诵一遍,竟与今日赏得的案头盆菊所见十分相应。那诗中咏道:

众芳岂不妍，秋英自清绝。意与幽人会，标名霜下杰。
容以桃李颜，艳彼茱萸节。翩翩五陵子，佳色纷相悦。
积紫照朱茵，堆黄象金墠。赏韵一以乖，篱堵宁辞拙。
亭亭盆中菊，偏承美人撷。香分甘谷幽，色借冰壶洁。
对此读离骚，心魂坐莹澈。悠然见西山，孤峰正嶻嶪。

读到最后两句，不免莞尔。董其昌用了屈原"朝饮木兰之坠露，夕餐秋菊之落英"和陶渊明"采菊东篱下，悠然见南山"的典，那是所有有着一颗归隐山林田园之心的中国文人的梦。董其昌一生经历，三十五岁走上仕途，八十岁告老还乡，亦官亦隐共四十五年，其中为官一共十八年，在家乡归隐却有二十七年，他怎能不了然靖节先生之志，怎能不爱花中隐逸者之菊花呢？而靖节先生之"南山"，则是董其昌之"佘山"了吧。

从疑舫中走出来，翟老师又带我们从园子旧门出发，路过轿亭，兜兜转转绕过池塘水道，再回到挂颊山房，一路移步换景，花木掩映，这才体会园林设计"曲径通幽"的美意，这般意境，与菊的隐幽更为相称。逛园子的起点和路线也十分重要，只是今时园林改造和管理者未必解得其中味，留下些许遗憾。

[菊花糕]

　　菊花盛开时节，可做一份菊花糕作为茶点，既应花信，又可解燥。

　　将新鲜金丝黄菊花瓣洗净，将白凉粉（凉粉草粉）以1:5的比例加入清水调匀备用。在锅中加入清水，放入菊花瓣，小火煮五分钟后，加入适量黄冰糖，煮至溶化，倒入白凉粉液，边倒边搅拌。待水烧开，倒入玻璃皿中，放到阴凉地方，十分钟后菊花糕便凝固成形，可切成长方块装盘。

胡
杨
林

如果您问，在哪一场旅行中，让我极具视觉冲击力地看到同一种树木的"生"与"死"，那么我想，答案就是内蒙古额济纳旗的"胡杨林"与"怪树林"。

胡杨，树叶阔大清秀，秋天便换成一树金黄，蒙古人称它为"陶来"，维吾尔族人称它为"托克拉克"，意为"最美丽的树"。胡杨几千年来屹立在古丝绸之路上，是生长在沙漠的唯一乔木，其历史可以和有"植物活化石"之称的银杏树相媲美。

与友人们自驾到访位于内蒙古额济纳旗的胡杨林，正值胡杨树泛成一片灿烂金黄的时节。我们先踏足水境胡杨林，那里水带环绕穿梭在大片胡杨树之间，树木在水的滋养下，焕发出一片勃勃生机。许多胡杨树，已经有几百岁了，在这戈壁荒漠中的水域天堂独领瀚海风华。抬眼望去，胡杨树金黄透亮的叶子逆着阳光，织就成如梦似幻、斑斓绚烂的金色世界；垂头看去，那胡杨树又把金黄的梦幻投影到湖水中，犹如打翻了的光怪陆离的颜料盘，随着水波荡漾。人行走其间，移步换景，如履仙境。

是为胡杨林的"生"。

而当我们在迫近夕阳西下时分到访额济纳旗达来呼布镇西南二十八公里的怪树林时，眼前的一切，则是与水境胡杨林迥然不同的景象。这里俨然是触目惊心的胡杨林的"乱坟"，令人想起马致远那首苍凉的秋词："枯藤老树昏鸦……古道西风瘦马。夕阳西下，断肠人在天涯。"

○怪树林

　　无数死去的胡杨树，"横尸遍野"地屹立在一望无际足有两千亩的荒漠中，执拗地保持各自的姿态，诉说人间的凄凉。有的树向天空狰狞地伸出枯槁的枝丫，像垂死挣扎的士兵伸出求生的手；有的树干虬曲横陈，像将军随烈烈北风飘扬起的战袍；有的蜷曲下身子，形成一道对着夕阳的拱门，在夕阳下发出红褐色的光泽——那是死亡之门，哀思之门；有的断头折臂，依然岿然不倒，枯立昂扬；有的则死死纠缠在另一棵树上，仿佛在书写"在地愿做连理枝"的不死爱情。

　　是为胡杨林的"死"。

　　当地人向我们讲起一个传说，苍凉的怪树林原来与一位守护附近黑城的黑将军和他麾下众将士有关。建造于公元九世纪西夏政权时期的额济纳旗黑城，如今遗址依然屹立在达来呼布镇东南二十五公里处，是古丝绸之路上现存最完整、规模最宏大的一座古城遗址。这位黑将军，本名哈拉巴特尔，是守护黑城百姓安居乐业、商旅通畅的名将，英勇善战，威名远播。后来，有敌邦来犯，进逼攻城，久攻不下，来兵残忍地把河水截断。黑将军在既无援兵，又无饮水的困境中，率兵突围。出战前，黑将军将七十多车金银财宝和镇城之宝——一顶西夏皇冠全部投入城内的枯井中。为了不使亲骨肉遭受入侵者蹂躏，又将自己的一双儿女推到井里，封土填埋。之后，黑将军带领士卒冲出重围，誓死力敌，最后战死在离城西不远的怪树林中。

　　立时觉得，怪树林的确像极了曾经猎猎旗风、战鼓喧天、血色浸染泥土的古战场遗址；那屹立的胡杨枯树，像极了战死在疆场上的将军与战士的骸骨与英灵。

　　传说很悲怆凄美，但事实是，眼前怪树林中大片死亡的胡杨树，其真正的形成缘由，是人们对自然资源的无序开发，极大破坏了胡杨赖以生存的生态环境。九十年代初黑河上游的无度用水，造成下游地下水位下降、额济纳河断流，使得沿河两岸两千亩胡杨林因缺水而枯死，"陈尸"遍野。

　　前些年，专家与媒体组成联合考察队考察北京沙尘暴的成因，沿着沙尘暴溯源而上，一路追向西北，这一追，便追到内蒙古自治区最西端的额济纳旗。专家们发现历史上有名的居延海已经干涸了，曾经水草丰美的居延绿洲已沙化，大片胡杨林已枯死。真相便是：风起额济纳，沙落北京城。经过后来人的努力治理，居延海的水域逐渐重新形成湖泊，怪树林的胡杨林才慢慢重新长出枝叶。

胡杨树号称"生而不死一千年，死而不倒一千年，倒而不朽一千年"，这古老的大漠树木灵魂，以死去后如此顽强坚韧的不朽身躯，想向人类诉说什么，警醒什么呢？也许正是以这不朽的死之"地狱"，衬托水境繁茂胡杨林的"天堂"之美，来唤醒人类对人与自然关系的重新审视。人与自然、树木，究其根本是共同存亡的一体。我们在哀悼死去的胡杨的命运，不如说也是在警醒人类自己的命运。

那怪树林，是胡杨树林的墓碑，也是胡杨树以最后的力气，警醒人们保护自然生态的不朽纪念碑。

立冬

立冬，冬天的开始。《月令七十二候集解》中说：

「立，建始也」又说：「冬，终也，万物收藏也。」

立冬日，水始冰，地始冻。枯木寒枝，溪桥青石凝霜。北国初雪霏霏，山月苍凉，雁声入梦，江南晚桂未凋。「和风小阳春。细雨生寒未有霜，庭前木叶半青黄。」「冻笔新诗懒写，寒炉美酒时温。」

立冬时节，让人不由想去北国看看山寺中的树木，北京法海寺庭院中的两棵白袍将军一般的白皮松，树干在北国清透明亮的初冬阳光下白得晃眼。而潭柘寺的帝王树与配王树，正是满树尽披黄金甲，一片金黄灿烂。

法海寺白皮松

春风过人间一趟，由南渐北。四月中旬的人间光景里，江南的海棠早已凋落，北京郊外山坳里法海寺的白海棠却还在盛开。

然而在法海寺最惹眼的"白"，却不是一进庭院里所见的白海棠，而是大雄宝殿前的白皮松的树皮。两棵白皮松分列大雄宝殿门前庭院两旁，东边白皮松要四人合抱，西边白皮松要五人合抱，树皮在北方特有的透亮澄澈的阳光下，白得直晃眼睛。站在庭院一角，远远望去，两棵白皮松挺拔高大，雪枝霜干，向天伸展着，满满的精气神，好似守卫着大雄宝殿的身着白袍的大将军，也似两条白色蛟龙，怪道当地人亲切地称呼它们为"白袍将军"和"白龙松"。

以两株白皮松树围直径来测算，它们已有八百到一千年的历史。时间可以追溯到宋代。那时，这里曾有一座龙泉寺，最早建寺的时候，两棵白皮松便已种下了，也就是说，古松比明代的法海寺早几百年便站在翠微山麓了。驼铃古道上的百姓口口相传："先有白皮松，后建法海寺。"

那白皮松身后大雄宝殿里旷世奇绝的壁画，是我甘愿为之在一次旅行中两次走入法海寺的所在。第一次没有来得及预约，只看到了山上殿堂里和侧殿里的珂罗版技术的复制品，已令我叹为观止；第二次，才得以举着手电筒，走入为了保护壁画色彩而禁止使用照明的大雄宝殿殿堂。手电光所及之处，令人屡屡不禁惊叹——如此近距离观摩这么精美绝伦

○法海寺白皮松

的巨幅中国工笔重彩画，真是人生难能可贵的体验。

菩萨与人物开脸勾勒绝美，稳健恬静。铁线描、游丝描看得清清爽爽，笔触极其细腻，有南宋院体画的风范（传绘者为南宋遗留下来的江南画师后人）。尤其水月观音像身披的半透明白纱，白中透体，轻如蝉翼，有的线条长达一米多，如流觞曲水，潺潺而过，有顾恺之、吴道子衣带当风的灵动飘逸。色彩上，以朱砂、石绿、青金石等矿物颜料叠晕烘染达到七层之多。贴金，描金，沥粉堆金成为点睛之笔，令画面因高光处的闪耀而变得更加立体。

有人说，中国，或者说人类美术史是从粗放，到精致，再到粗放的一个过程。从敦煌的朴素飞扬灵动，到永乐宫壁画的大气磅礴细致，再到法海寺壁画的细腻入微，法海寺壁画无疑达到中国壁画"精致"这个阶段的极致。

1937年发现法海寺壁画的英国女记者、壁画家安吉拉，把法海寺壁画与几乎同时期的文艺复兴画家波提切利相比较，认为他们都有音乐与诗意之美（波提切利的《春》中的女神，也笼着微透的白纱）。但在我眼里，论及线条的气韵，法海寺壁画完全可以睥睨波提切利的作品。

说来蹊跷，从法海寺建寺的那一年到今天，一晃五百多年过去了，人间经历了多少沧海桑田，朝代更迭，战乱炮火，风雨飘摇……建寺之初时许多殿堂都画有光彩炳耀的壁画，如今都已化为废墟，埋没在历史的尘芥瓦砾堆中去了，唯有这大雄宝殿还奇妙地伫立在翠微山间，唯有那大雄宝殿中的壁画，还维系着青绿丹珠、流金溢彩、熠熠生辉的色泽与光影。

于是让人不禁再去望向大雄宝殿门口那威风凛凛的"白袍将军"：

"是你们吗？是你们在护佑着它们吗？"

帝
王
树

帝王树是一棵一千四百多岁的老银杏树，名为"帝王"，却并非长在皇宫中，而是长在北京西郊潭柘寺里。

车行至潭柘寺所在的宝珠峰下潭柘山麓，还没走进斋堂庭院，视线便可越过瓦片，见到两棵银杏树的身姿了。走进庭院细看，两棵银杏树高大挺拔，巍然俊秀，满树尽披黄金甲，果然有气象万千的帝王之相。右边相对比较粗壮的一棵，是"帝王树"，有一千四百多岁；左边一棵叫"配王树"，也有一千三百多岁了。而在帝王树与配王树南侧，还屹立着两棵唐代的娑罗树，枝叶婆娑丰茂。

银杏树与娑罗树，与佛寺有着不解的缘分。在中国，几乎所有最古老寺院都栽有银杏树与娑罗树。佛祖释迦牟尼在菩提树下成佛，在娑罗树下灭度，于是，菩提树与娑罗树随即成为佛门圣树。佛教传入中国后，菩提树并非中国物种，僧人便将银杏树替代菩提树，北方寺庙则把七叶树称为娑罗树，如此，佛门圣树也得以屹立在北方寺庙中，成为佛门弟子纪念释尊的表征，成为佛家觉悟与圆满的象征。

在中国佛教美学里，银杏，即为菩提。

可是这象征着觉悟的佛门圣树唐代老银杏，又何以被称为"帝王树"呢？

翻阅历史得知，潭柘寺始建于西晋，是佛教传入北京地区后修建最早的一座寺庙。寺庙几经毁损重建，从金代开始，受到历朝帝王重视，常有帝王驾临进香，并屡次得到朝廷拨款修缮，似乎与"帝王"有不解之缘。而"帝王树"这名号，则是当年乾隆皇帝御赐的名字。那一年乾隆到寺里来进香，寺里老方丈说，皇帝登基后，这棵老银杏树长出了一个新的侧枝，像是为皇帝登基道贺。乾隆皇帝龙颜大悦，便赐予老银杏"帝王树"名号，旁边的那一棵，被御赐为"配王树"。帝王树下的介绍牌上说得神奇，说在清代，每当一个帝王登基，这棵树就会生出一个新的侧枝，长大以后就和主干合拢了，下一个帝王登基时又会重新生出一个侧枝。而每个帝王驾崩的时候，也会有硕大的枝干自己折断掉下来。上世纪六十年代初期，已经成为普通百姓的末代皇帝溥仪，也站到了潭柘寺这座庭院中，当时，他手指着帝王树上东北侧一根未与主干相合的细干，戏谑地说："这根小树就是我，因为我不成材，所以它才长成歪脖树。"

其实，溥仪也不必自嘲。清朝的灭亡是写在历史这棵大树年轮中的定数，岂是他一臂之力所能左右呢。

清王朝国祚不到三百年，而帝王树与配王树自唐代便站在这里，看过了不知多少王朝的兴衰起落，不知多少赢得江山的帝王背后的腥风血雨。那些被逐鹿中原的历史裹挟着前行的人群中，亦不乏来到潭柘寺中寻求救赎、反省，和生命最后归宿的人。

元世祖忽必烈以铁蹄打下江山，成为开朝君主后，他的女儿妙严公主深知其父杀戮罪业深重，为替其父赎罪，到潭柘寺出家，每日里在观音殿内跪拜礼忏观音，年深日久，竟把殿内的一块铺地方砖磨出了两个深深的膝盖。后妙严大师终老于寺中，葬在了寺前的下塔院。

明成祖朱棣当年起兵篡夺了江山与皇位，成为一代帝王时，协助他成事的谋臣姚广孝两袖清风，辞官来到这潭柘寺山麓里隐居修行，每日里只与老友——潭柘寺住持无初德始禅师探讨佛理。传说姚广孝也是北京城的设计师，北京城的许多地方都是依照潭柘寺的样子修建的，太和殿就是仿照潭柘寺的大雄宝殿而建。后来，姚广孝奉旨主持编纂《永乐大典》，重新返回仕途。我想，以整理文化典籍来回馈历史，也许是另一种救赎方式吧。

　　北方山峦间的山风很大，大到可以听闻呼啸声。当我走到潭柘寺半山腰的高处，远远回望这两棵古老银杏树时，一阵颇有力道的山风吹过，那站在上风处的配王树，树叶先猛烈地沙沙响动起来，好像在说着什么话。紧接着，配王树这边的风止了，风吹到帝王树那边了，帝王树的树叶又开始沙沙响动起来。好像在一问，一答。我就站在山间，出神地看着两棵树"说话"。

　　一面是佛家的放下与觉悟，一面是庙堂上最高权力的"拿起"与统领江山，两种精神符号，同时附着在同一棵树上。倘若我能听懂帝王树与配王树的对话，不知他们会聊些什么呢？

小雪

小雪，《月令七十二候集解》中说：「十月中，雨下而为寒气所薄，故凝而为雪。小者未盛之辞。」古籍《群芳谱》则说：「小雪气寒而将雪矣，地寒未甚而雪未大也。」大体意思，就是此时降雨遇寒冷空气凝固成雪，但还未成气候，落地即融。

小雪日，江南户户酿米酒，寄来年。围炉夜话，煮酒烹茶：「晚来天欲雪，能饮一杯无。」

从寒露到大雪，深秋到初冬之交，九州千山草木转橙黄，由北渐南。此时上海旧法租界的法国梧桐，也到了一年中最美的日子。而塞外居延海的芦苇又深了，鸥鸟飞逐嬉戏于水草间，焕发着塞北初冬生灵的生机。

法
国
梧
桐

每年的初冬时节，是上海旧法租界法国梧桐最美的日子。

上海的冬季，多有阴冷潮湿的天气，因而会显得晴天的冬日艳阳格外温暖明亮。倘若遇到这样一个阳光明丽的好天气，你一定要记得去旧法租界的小街上走一走。这时，你便会见到那夹道的法国梧桐，叶子已泛了黄，在阳光下婆娑起舞，温柔地洒下斑驳陆离的光影，映照在老洋房的雕花门楣上。——是上海的冬天啊，如此温暖，明亮而浪漫。

许多年前，我曾在这样一个初冬时节背着相机，走遍了福州路、新天地、淮海路、衡山路、武康路等上海旧英法租界街区，拍下了一组名为"法国梧桐与上海的街"的照片，印成明信片，放在我当时在田子坊的店铺里贩售。我清楚地记得，一对旅居法国的上海伉俪来到店里见到这套明信片格外欣喜的样子，直说太好了太好了，一口气买了好几套，自己珍藏一份，还要带回法国，送给每一位思乡的寓居海外的上海朋友。

也许每一个人关于故乡的记忆里，都有一棵树的影子吧。对于上海人来说，旅人的记忆便是冬日里金黄灿烂、树影婆娑的法国梧桐。

上海，也算是我的第三故乡，关于这座城市的法国梧桐最深刻的记忆是什么呢？我想，应该可以追溯到初来上海的时光。那时我刚大学毕业，初来乍到，没什么朋友，也是这样梧桐叶树影婆娑的斑斓秋季，

○武康路的法国梧桐

常常喜欢一个人坐在 9 字打头的双层巴士的顶层，从虹桥路出发，一路可以被淮海路的梧桐叶子摩挲，最后穿过老城隍，然后下了车几步就到外滩了。这一路偶尔可以去探访深藏在法国梧桐树影中某个角落的老洋房，偶尔可以去福州路图书大厦，收一些旧上海电影和音乐碟片，《十字街头》《马路天使》《神女》《新女性》……周璇、姚敏、姚莉、李香兰、白光……渐渐勾勒起八十多年前氤氲月光下旧上海的轮廓。

再后来，对藏在这座城市法国梧桐间的老洋房，慢慢有了新的牵系：在汾阳路白公馆举行婚礼，在绍兴路的老房子里谈定自己第一本书的出版计划，在东平路梧桐叶子拂过的咖啡馆窗前写下自己第一本书，在马勒别墅过生日，在永嘉路雍福会为女儿过生日……最初，似乎是以游人和探究者的身份和心态去看这座城，后来，便一层一层把自己的人生记忆叠加了进去。

有一日，东来说，打算写一部以上海为背景的小说，约我在旧法租界暴走一日，找找感觉。我欣然赴约。我们在华山路各吃了一碗面，又踏着法国梧桐落下的斑驳树影，走过武康路、五原路、汾阳路，一直漫步到永康路，最后找一家小咖啡馆坐下来，喝了一杯咖啡，竟未觉得特别疲累。

东来说，她的小说或许要从清末民初时代写起，写到如今这个时代，大概要重叠上几代人的故事了吧。也许对于一座城市，一代人又一代人的记忆是如车辙般一层一层碾压上去的。东来的小说也许会带入更漫长的时间河流，在这条河流里，有街上风景或繁华或冷清如用手掌轻轻挥之而去的层层变迁，也有江河轮廓不变的永恒。那永恒中，也许亦有几代人记忆里，冬日明丽阳光下法国梧桐舞动的婆娑树影。

居延海

从额济纳旗达来呼布镇驾车向北行驶四十多公里，便来到了水草丰美的边塞湖泊——居延海。

沿着木栈道深入湖泊，只见海天一色，呈现微微的灰蓝，在海与天之间的灰蓝调子中，延展出一线芦苇荡勾勒的地平线。时值立冬时节，芦苇泛了黄，随北风摇曳，荡出一层一层的苇浪。在那苇浪间，时不时蹿出一只鸥鸟，划过灰蓝的天空。

整幅画面静谧极了，好似来到了天边的无人之境。

旅行资料中说，居延海湖中生长着鲤鱼、鲫鱼、大头鱼、草鱼等鱼类，天鹅、大雁、鹤、水鸭等也时常来此栖息，可谓"海阔凭鱼跃，天高任鸟飞"。也许对于大雁来说，这里是一年一度南来北往迁徙中最远的"天边"了。

查阅了一下地图，可不是，我们身处的位置，几乎已经接近与蒙古国之间的国境线了——这里的确是中国中部版图的最北端呀。

可这样一座如今水草丰美、鸟飞鱼跃的湖泊，曾经也濒临干涸。居延海的水脉，发源于祁连山深处的黑河，汇入巴丹吉林沙漠西北缘两片戈壁洼地，形成东、西两大湖泊。几千年来，随着雨量丰沛程度，湖泊忽东忽西，时大时小，此消彼长。

历史上，如同潮水般此消彼长的，还有中原王朝与北方游牧民族之间的边境线。

第一位为汉族人所熟知，传说中到访过居延海的人，是老子。关于

○居延海

老子出函谷关后的踪迹，有无数传说，其中一个，便是老子入胡地，在西居延海入海得道成仙。传说也许只是传说，如居延海上灰蓝的雾气一样扑朔迷离，却也为一代哲学家的最后归宿笼罩了一层诗意。

紧接着，有典可查的，是西汉元狩二年，将军霍去病驾马来到居延，收河西地区。这是中原王朝第一次将版图扩展到居延海地区。史籍中也第一次见到"居延泽"的地名。"居延"是匈奴语，同今日蒙古语"乞颜"，意为"隐幽"，与居延海湖泊与芦苇荡的幽静十分契合。

历史的车轮又碾到了南北朝，游牧民族政权北魏的版图，早已漫出居延海地区，贾思勰在《水经注》中，把居延海译成一个极其富有诗意的名字——弱水流沙。

到了大唐盛世，中原王朝的疆界再度扩展到居延海地带。那时，有一位我们熟悉的大诗人的身影来到过这里，那便是王维。唐开元二十五年春，河西节度副使崔希逸一举大破吐蕃，唐玄宗令监察御史王维出使边塞视察军情。王维到达居延海后，远远望见大雁南来，划过北方的天际，

○居延海

荒漠里，烽烟直上云天，黑河之水，浩浩荡荡，河上一轮落日，静静落下水面，于是提笔写下边塞千古绝唱《使至塞上》：

> 单车欲问边，属国过居延。
> 征蓬出汉塞，归雁入胡天。
> 大漠孤烟直，长河落日圆。
> 萧关逢候骑，都护在燕然。

王维在这首诗里，同时感慨了大唐疆土的广阔。已经出了汉代的边塞，到达大唐新的领土。到了萧关遇见骑兵，才知都护的驻扎地还很远。

在另一首诗《出塞作》中，王维则写道："居延城外猎天骄，白草连天野火烧。莫云空碛时驱马，秋日平原好射雕。"看来诗人在居延海的日子并不寂寞，让我们新奇地看到作为山水画鼻祖的王维文人风雅之外，在荒漠策马扬鞭、引弓射雕的豪放一面。这在对西域文明持开放态度，兼容并收、海纳百川的大唐盛世时代并不稀奇。

居延海，随着气候的岁月变迁，不断潮起潮落。而这片土地，也恰恰是北方游牧民族与汉民族几千年来文明交流与碰撞的边缘地带。那绵延万里的边境线，时而进，时而退。汉民族与北方游牧民族的民族与文化融合，在几千年来，也如同滚滚滔滔的黑河水，不曾断流过。

大雪

大雪，《月令七十二候集解》中说：「至此而雪盛也。」大雪时节，北方是「千里冰封，万里雪飘」的恢弘景观，南方也有「漫天柳絮，轻舞梨花」的浪漫图景。

大雪时节，山舞银河，千鸟绝痕。江南荠甘如梨，山茶傲霜雪。冬腊风腌，蓄以御寒。白居易写《夜雪》：「夜深知雪重，时闻折竹声。」宋人白玉蟾（葛长庚）在《雪窗》诗里说：「素壁青灯暗，红炉夜火深。雪花窗外白，一片岁寒心。」大雪下在文人心中，是一幅清寂图景。

大雪时节，北国的红叶已凋零，江南的红叶却染遍山林峡谷。苏州的天平山，南京的栖霞山，游人如织。每年这个时节，我便去与江南的千山红叶会一会，不负这初冬时节里的一片火红相思。江南的银杏树黄了，在庭院，在山顶，撒下一地金黄。每年这个时节，我便想与老银杏树会一会，走进老银杏树构造的如黄色蛱蝶纷飞的梦境里。

天平山赏枫

　　年年秋色照丹枫。小雪时节，苏州天平山层林尽染，万丈红霞。在天平山的古枫香树林走一遭，江南人四时八景赏游之事才算圆满。

　　天平山素以"清泉、怪石、红枫"三绝闻名。《清嘉录》中说："郡西天平山，为诸山枫林最胜处。冒霜叶赤，颜色鲜明，夕阳在山，纵目一望，仿佛珊瑚灼海。"

　　戊戌年冬日，与友人相约去苏州天平山赏枫。走进天平山，迎面满眼五彩斑斓的秋光，好像打翻了的颜料碟子，红的槭树、枫香树，黄的银杏树，绿的柏树，色彩浸染进池塘中的倒影里。踏过片片石板，走过小桥，穿过林间小路，移步换景，触目可亲，如在画中游。

　　走进范公祠，恰好一阵秋风拂过，庭院中的老枫树红叶扑扑簌簌，随风飘舞，落在庭院、池水和石板桥上。这情境，把我一时看得呆住，想起那句："无边落木萧萧下。"落叶，就像秋天的信使，来告诉人们，山河已秋。

　　与友人抖擞起精神登顶。待到登上望枫台后，目光所及之处，便开阔起来。向西看，吴中的两座名山灵岩山与天平山如新月两翼环抱大地。多少宋风明雨的楼台庙宇遗迹散落在山林间。下山后回到十景塘，走上长堤，这里晴波静好，时见红枫垂落在水边，将那一年枫叶最美季节的印象刻进脑海里。

　　壬寅年小雪时节，与友人再访天平山。为一睹清晨静谧枫林妙境，

○天平山赏枫

于鸡啼时便顶着寒气出城。到了天平山山麓，走过长堤，蓦然回首，但见山外栽红晨曦，唤醒了静穆大地，漫野枫林渐渐泛起如霞似锦的鲜明好颜色。

踏石板，过小桥，沿着石栈道走入一方池塘中央，四下无人语，但闻鸟啾鸣。盘坐湖上，以红泥小炉煮水沏茶，静心品饮，慰此闲情。幸甚至哉，身临如此一方幽境。湖畔掩映的，是红的橙的斑斓树林；湖中摇曳的，是橙的红的斑驳树影。人，也便融入这绚烂多彩的天地之间了。

再次造访范公祠，遗憾发现因为疫情管控，大门紧锁。门前的牌坊上书写着的，正是我们耳熟能详的范仲淹《岳阳楼记》中的千古名句："先天下之忧而忧，后天下之乐而乐。"范仲淹为北宋难得的众人称颂的大儒与圣贤。王安石尊他为"一世之师"，苏轼赞他为"人杰"，黄庭坚称其为"当代第一人"，明代朱熹称他为"第一流人物"，百姓，则纷纷为他建立祠堂祭拜。范仲淹晚年倾其一生积蓄，在苏州购买一千亩"义田"，并在灵芝芳祖宅附近修建了一组房屋为"义宅"，又建起兴办教育的"义学"，办起了历史上第一个多功能的私人慈善机构，这便是"范氏义庄"。说是范氏义庄，实则外姓人氏也在救济帮助的范围之内。范氏家族并没有只照拂本族子孙后代，而是以"先天下之忧而忧，后天下之乐而乐"为写照，给了一方百姓安居乐教的福祉。范氏义庄自范仲淹在北宋皇佑二年创建，经历了两宋、元、明、清、民国，一直延续至1949年终止。此间江山已易主不知多少回，范氏义庄却代代相续。范仲淹一生活了六十四岁，范氏义庄却延续了九百年。也许，仁心所为的事业胜过那皇权霸业，"仁义"才是真正的千秋大业吧。

天平山与范公有着深厚渊源。其一，天平山为范公先祖归葬之地；其二，天平红枫多为枫香种，这漫野红枫十里，是范仲淹第十七代孙范允临辞官返乡时所带回来的。史料记载，这位范允临如其祖先范公一般清正廉明，辞官返乡时亦是两袖清风，只带了几百棵不同品种的枫香树回乡栽种，散叶生根。范仲淹的后人，几乎每代都为官，且都清正严明。中国有句古话说"富不过三代"，得来容易的物质财富对于子孙有时或许是祸患，而大德清正的家学和族训，随着一代一代的教育传承，才足以延绵千年。一代人守得清贫容易，数十代人不被名利场所诱惑，实属不易。

穿过古枫香树林，回到十景塘边，站在长堤上回望，范允临的天平山庄在山脚下的枫叶间宁静伫立。这天平山遍野的枫香树，红得燦天炽地，一如范公高山景行、铄懿渊积，一如范氏一脉相承的清正家风。

安亭老银杏

庚子年冬日，与友人鹿岩相约，穿越一座城，来上海安亭看一棵古银杏树。

走进银杏树公园，远远望见高大的银杏树伫立。我和友人不急着去靠近，而是先踱到水边，隔着一段粉墙黛瓦和花窗去瞻望老银杏树，满园皆是黄华光景，人声笑语夹杂其间。

走进内园，凑近了去看，站远了看，围绕着一圈细看，古银杏树真是让人越看越欢喜。粗壮的树干足需要五人合抱，树干旁又生出许多新的树桩。那金灿灿的银杏叶，就穿杂在棕黑色的树干枝丫间，颜色对比鲜明，好像小时候画过的水彩画。那硕大的树冠，足以撑起一大片金黄色的穹庐，站在树下，被树荫环抱其间，有着说不清的愉悦和安心。细看那斜斜延伸下来的一枝银杏枝条，银杏叶灿若朵朵金华，翩若纷纷黄蝶，如梦似幻。

这棵银杏树是唐代贞观年间种下的，到如今已经有一千二百岁了。也是一位老树仙啊。这样一想，我便忍不住拉着银杏树的枝条说了一会儿话，内容大概是，我是谁，你真好看啊，我好喜欢你啊，你活得这样久有没有觉得孤单过，你继续好好生长我明年再来看你呀。

曾经做过一个梦，梦见自己是吴哥塔布隆寺的一棵古树，伫立在残垣断壁上几百年，感到不开心或者心死时就形如枯木，感到开心且心中有爱时就抽枝发芽，将枝叶舒舒展展伸向天空。万物有灵，一草一木值

○安亭老银杏

得我们以善意去对待，更何况那些年过千岁的比我们看过不知多少倍人间沧海桑田风云变幻的"老人家"们？

　　和鹿岩在树下铺设起茶席，在一地金黄间喝起天台山野茶来。因是来造访古银杏，我特意带上刻着银杏图案的铜茶则，鹿岩则特意戴上银杏叶图案的银胸针。

　　鹿岩捡了许多银杏叶，铺在了竹编茶席上。我举起其中一片，那银杏叶叶片大大张开着，极其舒展，叶缘当中刚好有一个缺口，叶缘边上有点点绿色斑点，像极了一只黄色蝴蝶立在我的指尖，在风中扇动着翅膀，好似下一秒就要忽扇忽扇飞走了。

　　愿所有有心感知草木芳华的人，都能徜徉在这样的秋光里，展露如秋叶般绚烂的欢颜。

[盐焗银杏果]

　　银杏果成熟时节，可在银杏树下拣拾银杏果，为自己和友人做一道"盐焗银杏果"，来享受老银杏树赐予我们的礼物。

　　将银杏果用核桃夹夹开，取出白果。将白果铺在铝箔纸上，撒上盐和黑胡椒，然后用铝箔纸将银杏裹好，不要留缝隙。将铝箔纸包放入烤箱，调到上下火 200°，烤十五分钟。当银杏果由白色变成青绿色，便烤好了。

冬至

冬至，又名「一阳生」，是节气，也是一个传统节日，俗称「冬节」「长至节」「亚岁」等。

冬至日，昼至短，夜至长。冬至大如年，家家祭祖忙。寒夜围坐，呵手展笔墨，画九写九，亭前垂柳珍重待春风。

「岁寒然后知松柏之后凋也」。冬至时节，我常常想去古刹与山林中，拜访古松翠柏。坐落于浙南的时思寺，古柏树千虬曲苍劲，绿树成荫，陪伴宋时古刹清风明月中，与之对望，物我两忘。而此时天台的晋代香榧树，香榧于已成熟。清香的滋味中，有穿越一千七百年沉淀下来的基因与养分。如这阳气初生的冬至节气一样，焕发生生不息的生命力。

孔子后裔与红豆杉

在我走过的许多古老乡村，村口总有一两棵有些年份的参天古树，好像这一方土地的守护神，千百年来护佑着乡村的福祉与香火延绵。

孔子后裔聚集地浙江金华榉溪村，便是如此。

在去往榉溪村的山路上，卢震道长向我娓娓道来榉溪村老红豆杉的故事。

北宋末年，孔子后人孔端躬被金兵追赶，率族人南下，筚路蓝缕，行至今日的榉溪村时，孔端躬的父亲不幸病故。战时兵荒马乱，已经无法将父亲带回曲阜故土安葬，孔端躬只好把父亲葬在了榉溪村所在的这片土地，并种下一棵红豆杉小树苗。他发愿，如果树苗日后能够成活，并开枝散叶，那么就说明孔氏这一脉能够在这里落户安居，他们便依此决定在此地落地生根。

几年后，红豆杉果然茁壮生长，越发枝繁叶茂。于是，孔氏这一脉，以孔端躬为始祖，在榉溪村发迹，形成了以榉溪为中心的婺州孔氏族群。婺州孔氏族群的影响力，虽然无法与曲阜的北宗和衢州的南宗相比肩，自然生存条件也更为艰难，但正因为地处崇山峻岭深处，不容易受到战事冲击与经济蓬勃发展带来的人员流动的影响，让孔氏这一脉后人更加集中地攒集在一起，族谱脉络也更加清晰完善。他们始终秉持诗礼传统，恪守家训族规，在大盘山下淡泊地生活着。老红豆杉，也在孔端躬与父亲的墓碑前，根深叶茂，郁郁苍苍，遮天蔽日，树冠枝丫一度从山根前延伸到近十米开外的小河边，向着小河，垂下青翠欲滴的枝叶。

建国后，榉溪村在山根的红豆杉古树与小河之间修公路，几次挖去红豆杉树下的根脉和泥土，最后一次，还在树旁浇筑了水泥，建筑了凉亭。老红豆杉因为根系被破坏，无法呼吸，日渐孱弱。幸而全省林业资源排查时专家发现了老红豆杉的濒危生存状况，才拆除水泥和凉亭基座，让老红豆杉复以自然呼吸。

有一日，卢道长路过村子，看见村民正在锯村里修整下的老红豆杉枯枝，准备拿回家当劈柴烧。道长不忍，与村干部交涉，保留下三棵老红豆杉的大枝丫，放在水口廊桥和自己主持的杏坛书院里，给来书院的村民和游人们看——没有什么比古树木的年轮，可以成为更直观的历史见证了。

我到访榉溪村时，正下着细雨，雨点滴滴洒落在古老的石板路上。古村很静谧，很干净，处处是石头垒起的古老房子。所到之处，村民热情地与我们招呼，请我们吃自家种的瓜子。

道长复兴的榉溪杏坛书院，就在古村环抱之中。道长在书院为村民和慕名而来的游人建立阅读室、书房、画室和当地手工风物小展厅。阅览室的墙上贴着孔子画像。而孔子的宗祠，则坐落在村前。走入大厅，迎面是孔子、孔端躬的塑像，古老的沾满岁月伤痕的砥柱，半腐朽的戏台木雕，见证着这一脉孔子后人的香火延绵。每一年孔子诞辰，这里会举行热闹的祭孔典礼。

道长特意为我此次的行程，安排了一次《草木有趣》分享会。是夜雨很大，但榉溪杏坛书院灯火温馨的小分享厅里，座无虚席，有些没有座位的听众，便坐在门外。听众中有榉溪村民，有从县城和周边几座城市赶来的读者，有附近寺庙中的僧人师父。

分享会的开场辞我强调两点：其一，榉溪是孔子后人聚集居住的古村落，而孔子是所有中国人的老师，在有孔老夫子精魂的村庄和书院做分享定然要谦卑；其二，对于我所分享的题目，无论是自然草木、时令节气，还是民间传统饮食，生活在乡村的人比生活在都市钢筋水泥森林里的人会更感亲近，所以在座的听众，也都是我的老师。

此言没有半点客套。一场分享会，时常不是我一个人在讲，而是一个话题如同一块石子投入湖水，引起在座听众炸开锅般的讨论。在大家七嘴八舌的叙述中，我学习到了，原来除了艾叶和鼠曲草，浙江民间还有更多青草品种用来制作青团和五颜六色的点心。当我在 ppt 上展示我画的春笋后，一位小哥哥撇嘴说道：你这个春笋有点营养不良啊。大家立即一起附和：不行，不行，太干瘪了，这不能好吃……一位听众跟我比画，他们曾经挖过几个巴掌那么大个儿的春笋，像只小肥猪一样。你见了都要生起敬畏心，都有点不敢抱起来……我们城里人哪见过这个呀？最后大家决定给我一个台阶下，认为我画的笋是从山林里运到上海后的笋，俨然已经有点脱水。我早已笑趴在讲台上。

而当我讲到立春才是严格意义的一个太阳年的起始时，有几位听众立即点头应和，说在他们村子里，老一辈人向来把立春当作新一年的开端。

这是我第一次在古村落分享《草木有趣》，与过去在大都市做分享时，面对习惯了快节奏生活和快餐文化的都市人群所收到的反馈大有不同。记得我在苏州做分享时，苏州本地同龄人对我说，你怎么会比我们苏州人还了解苏州的时令饮食？而在杭州做分享会时，我发现杭州本地的年轻人几乎对家乡的特产西湖龙井知之甚少。对于自然草木的认识，对于时令节气的感知，城市人与乡村人差异真的是太大了。

想起杏坛书院阅览室墙上贴着的一位历史学家说过的话："中国文化的根柢和灵魂在民间。"而这个"民间"，几乎已经从城市潮水般退却到隐蔽在山林间的古村落中去了。

第二日清晨，我与道长一行拜访村口那棵老红豆杉。老红豆杉古木参天，却没有那么茂密。我只能在想象中，勾勒出红豆杉树曾经的华盖翠帷多么遮天蔽日，直把枝叶散开伸展到小河边。老红豆杉树与桦溪村隔着一条河水相望，好像在远远关照着对岸的古村落。大树前，还有村民设置的神龛，在村民心中，树是能听懂他们的愿望与心事的，可以护佑一村人的福祉。

虽然历经沧桑变幻，虽然自身也几度遭遇自然的人为的摧残，老红豆杉树依然顽强坚毅地活下来了，一如我们中国人几千年历经劫难依然绵延不绝的文脉。

晋榧

初冬时节，浙江的朋友寄来了家乡的香榧，掰开果壳，刮掉黑衣，果实入口格外鲜香，并融合着一股子森林里古树果实特有的清气。一时好奇，我又请朋友寄来了香榧的叶子，只见对生的针叶墨绿油亮，散发着一股子清香，于是理解了香榧何以名为"香"榧。

素来听说红豆杉科的香榧，堪称植物界的活化石。香榧树出现在距今大约一亿七千万年的中侏罗纪，属于第三纪孑遗植物。香榧树的寿命也极长。树木本身可以活成一段漫长到我们人类无法企及的历史。所以，"结果"这件事，对于香榧树来说，也成为用时间慢慢酝酿的、不紧不慢的过程。诸暨的朋友说，一棵香榧种植十年后才开始结果，从开花到最终可以收获果实，则需要漫长的三个春秋，第一年开花，第二年结果，第三年才可以采摘香榧果。朋友故乡的香榧树，有许多是活了一千岁的老树仙。也许美好的事物值得付出时间去慢慢生成，值得付出耐心去慢慢等待。

先识香榧果，才念香榧树。从那个冬天起，我便有了一个小心愿，想去浙江山林间亲眼见见可以活成一千多岁老树仙的香榧树。

第二年春天，我来台州拜访寒岩与明岩，听杏坛书院卢道长提起，寒山隐居的寒岩附近的九遮村，便有两棵一千六百多年的香榧树，按照人类历史纪年，可以推演到晋代了。随道长与方山来探望这两棵香榧树，只见一棵公树，长在山腰上，枝繁叶茂，翠华若盖；另一棵母树，高大笔挺，直指云天，但一些枝丫的枝叶明显已凋败稀落。原来，这棵母树长在村口溪水边，在村里修村路用水泥浇筑时，树根被水泥封死了，根脉几乎不能呼吸。有一次卢道长经过见状，向上级反映，得到处理。而此次探望，我们发现处理过后，只是母树周围三十公分的水泥被捣碎、水泥地面打了几个圆孔，而这对老香榧树的健康生长帮助不大。方山说，距离去年十一月间来看这棵香榧树，老香榧树似乎又颓败了几分。我们赶忙一起捡来石块，在香榧树周围方圆一米多的位置围成一个石头圆圈，拍照下来，继续向相关部门反映，希望能扩大老树周围自然土壤的范围，令老香榧树重新获得自由呼吸。

做完这些事，我们走上山腰，去探望那棵公树。老香榧树立在山坳竹林间，迎着山风，像一把苍翠的大伞，为脚下土地撑起一方清幽静谧的绿荫。树下满是苍翠青苔，偶然可以看见空蜗牛壳。山坳竹林吹来一阵凉风，树叶便沙沙响动。这一千六百多岁的晋代香榧树，可与陶渊明呼吸过同一个时空的山风？

带着对母香榧树生存状况的担忧和牵挂我回到上海，后又继续踏上旅程。有一日，我从北京潭柘寺走出来，忽然收到卢道长发来的信息——母香榧树水泥地面的问题已经解决！紧接着，收到一张挖土机正在施工挖去老香榧树水泥地面的照片。我不禁也跟着欢呼雀跃。道长笑言，从来都对挖土机很反感，今天却觉得挖土机特别可爱。

从我去拜访两棵老香榧树，到挖土机开过来，不过才不到两个星期的时间，这当中发生了什么？

原来，在那一次拜访两棵老香榧树之后，我受邀请，在浙江临海五月空间做了一次《草木有趣》分享会。在分享会的最后，我讲述了这一路上亲见的卢道长和方山为保护浙江地区古树木做出努力的故事，包括晋代老香榧生存环境堪忧之事，并把这件事整理成简短文字发到朋友圈。这本是我自己记录生活的一个习惯，并没有特别期待会引发什么涟漪。

说者无心，听者有意，几天后，一位当时分享会现场的听众私信我。她说作为一个天台人，之前竟不知道故乡有这样一棵和陶渊明生活在同一个时空的古树，做亲子自然教育的她决心做一次亲子游学，带领孩子们一起拜访这棵古树，并希望借此活动继续发出呼吁，让故乡更多人关

○晋榧

心这棵古树的生存。

　　几日后，大雨滂沱中，游学成行了。孩子们冒着雨环绕着古香榧树，举起写着"愿香榧古树自由呼吸"的纸牌。活动结束后，一篇推文，带着孩子和家长们的呼吁在当地被无数人转发，受到更多人关注。很快，当地林业资源局局长答应去现场了解情况。一位老政协领导给卢道长发信息说，不但要处理水泥地表，令古树恢复自由呼吸，周围仅离古树十来米的脏乱养狗场也会被迁走，还香榧古木一个清新整洁的生长环境。

　　也许，就像树木生长一样，保护环境要永远怀抱向上的积极信念与希望。一点点微光，一点点爱，凝聚起来，就有自发的蔓延的力量，令我们的自然环境回归本然的美好。

　　感恩所有为之付出努力与关心的可爱的人们。

　　是年七月，我到台州黄岩朵云书院做《草木有趣》分享会，顺路再次到访天台，特意跟着道长又回访了古香榧树。看到水泥地面已经被刨开，安装上了水泥板条，母香榧树显得神采奕奕了许多。我在山腰上的那棵公香榧树下的山风间打了一个坐，内心笃定安宁。

小寒

小寒，一年中最寒冷的日子。俗话说「小寒胜大寒」，按节气来讲，「三九寒冬」正是在小寒时节。

「小寒日，数九寒冬至此盛。苍松翠柏迎霜雪。」

「寒夜客来茶当酒，竹炉汤沸火初红。寻常一样窗前月，才有梅花便不同。」

岁寒三友松、竹、梅。松柏以其苍翠，在一年之中最寒冷的日子歌唱着生命的华章。江南苏州邓尉的四棵汉柏清、奇、古、怪，像是每年与我相会的老树仙，用它们的年轮丈量我一年里悲欢离合、喜怒哀乐的渺小。而大理山林中的松，挺拔俊秀，千姿百态，直揽云霄，以枝干与针叶书写中国文人心中高洁、坚毅、刚正的君子之风。

清奇古怪

　　清、奇、古、怪，是香雪海山下司徒庙里四棵汉柏的名字。这名字，还是乾隆皇帝御赐的。每年从香雪海赏梅下山来，我都要去拜会一下这四棵柏树。

　　司徒庙，是东汉光武帝的大司徒邓禹的祠庙，因为这汉柏，又叫古柏庵、柏因精舍。老庙早已湮灭于历史的烟尘中去了，现在的殿宇是清末民初重建的。

　　小庙不大，从右侧的边门走进去，别有洞天。庭院当中，四株古柏树乍一看东倒西歪，仔细看，各有风姿。

　　一株清秀挺拔，直耸云天，体态稳健，枝叶苍翠。这是最常见的古柏树形象吧，像是故宫后花园、曲阜孔庙孔林里寻常见到的，名曰"清"。

　　一株主干树心已完全空了，本来，也应与名为"清"的柏树一样直指云天的吧，许是被某年某月天雷劈就，断成了两枝。一枝垂倒在地面上，已长出新的绿芽；另一枝在离它几米远的地方好似虬龙扎进泥土里，又重新发出新枝，长成一棵新的古柏树，有"枯木逢春"的气象，名曰"奇"。

　　一株古柏少皮秃顶的，纹理纤绕，虬曲苍劲，好像一位深藏不露的老叟，名曰"古"。

　　最后一株名曰"怪"，形态最奇怪，被雷劈成两爿，一爿远离母树，

○清奇古怪

树上纹理苍劲虬结,卧地三曲,好似走地蛟龙,又像笔架山子,还像沙场上的将军一挥手扬起的长袖。让人不由感慨造化的神奇。

走过许多古迹,见过许多古柏,都是齐齐整整、端庄周正,很少如同这里的柏树,每一株都在岁月里演变出自己的风格来,或刚正不阿,或清奇顽强,或道骨仙风,或酣醉佯狂,活活几个性情各异的老树仙呀。

古柏相传为邓禹当年协助刘秀平叛王莽篡政后,晚年放弃功名,在光福隐居时亲手种下的。这样说来古柏已有两千多岁了,不知看过人间兴废多少事。老树自己不知经历了多少劫难,雷劈刀斩,日曝风侵,却依然死里求生,落地生根,郁郁葱葱,四季常青,甚至活出各自逍遥的姿态。

沿着庭院游廊漫步,见那墙上镶嵌着王时敏等明代书画家书写、吴门艺人章懋德镌刻的楷书《楞严经》,字迹娟秀极了。赶紧拍下来给友人莲子看,她也连说好。

墙上镶嵌的其他碑帖中,找得到民国与建国后许多名人访游留下的笔墨与诗句,其中最令目光胶着的,是田汉先生的草书题诗:"裂断腰身剩薄皮,新枝依旧翠云垂。司徒庙里精忠柏,暴雨飙风总不移。"只知田汉先生是国歌的填词人,竟不知他的草书也这样好,一首诗几十个字,或翩若游龙,或苍劲稳健,或清奇狷狂,和庭中这清、奇、古、怪四株汉柏的气象甚是匹配。

乐评人蒋力先生说,二胡演奏家张锐先生曾提到苏州光福这四株汉柏,并即兴写下了四句话:"生命贵长青,独创才出奇。美中必有古,神品无不怪。"仔细品味,不仅适用于音乐艺术创作,之于任何一个美学领域,都似有启示。

大理的松

　　在大理拜访竹庵老师伉俪，叨扰了数日，我渐渐理解他们为什么钟情于大理，选择在大理隐居——这里不但山水开阔，亦是一座丰盛的花木宝藏。

　　与竹庵老师伉俪驱车去往沙溪的路上，最令我目光胶着的，还是山间的松，像极了宋画、元画里的松，挺拔俊秀，千姿百态——董源画里的，郭熙画里的，赵孟頫画里的，倪瓒画里的，都可以寻摸到姿态与神韵有几分相似的松影。

　　是日与竹庵老师伉俪同游大理沙溪石钟山石窟。走在山间石板古道上，迎面见到一棵横向生长的松树，好似游蛇蛟龙，横陈在我们面前，末梢探头望向天空，引得大家连连称奇，纷纷与奇松合影，或倚或立，不亦乐乎。

　　沿着石阶下到深谷，一路草木清丽，松石可人，迎面山峦叠翠如画屏。路上我和竹庵老师、文一老师聊起中国人面对自然山水和西方人态度的迥异。西方人似乎把人与自然分隔、对立看待，攀岩越野，似乎把自然中的险峻山水作为一个被人类征服的对象。而中国人则崇尚天人合一，把自然山水纳入人文世界中，在山水中修造亭台楼阁，题壁凿刻，将建筑、文学、雕刻、书法、儒释道哲学等融合为一体。题壁雕刻的文字，每过一些岁月，便被苔藓地衣覆盖淹没，后人又根据史料记载跋涉山间，寻找发掘当年的题壁刻字，再拓印下来。竹庵老师与文一老师说，乾嘉年

○大理的松

○大理的松

间有许多人在做这样的事。中国文脉的草蛇灰线，就这样在山水中延绵下来。

　　对待花草树木也一样，中国人几乎不会把花草树木作为没有生命的装饰品，而是作为有情物、作为知己去看待。从诗经、楚辞、汉赋，到唐诗、宋词……我们可以找到无数由植物而"兴"的诗篇。宋代以降，人们更赋予花草树木人格化的美好品性，可以来观照自己的内心。梅、兰、竹、菊，各有品德，而松柏，素来在中国文人心中被视为君子，有着高洁、坚毅、刚正、孤直的秉性和品质。荀子有言："岁不寒，无以知松柏；事不难，无以知君子。"李白曾说："为草当作兰，为木当作松。"青松或生于幽谷，或生于峭壁，直上云霄揽风尘，多少年来，不知入了多少文人的诗、文人的画，被文人墨客用来抒发个人的精神境界。

我们参观过南诏国石窟，走上山脊，一路又是好松相伴，有的挺直，有的虬曲，有的如孤鹤伫立，有的如鸾凤相伴。即使生活在相同的自然环境里，每一棵树看上去仪态与性格都那么不同，让人很想拿起画笔，就地坐下来临摹一番这千姿百态的松。

竹庵老师说，松树沉默而忠实地记录了成长过程中的境遇：阳光、水分、土壤的养分，和自然无常的侵袭如虫嗑、风摧、雷击、鸟兽的侵蚀……进而最终呈现出各自独特的形态。遇见它们，我只想忠实虔诚地去记录去描摹，没有一点想要人为造作去重塑的想法。

师自然，师造化。自然，是最难呈现的状态。我想这也是中国人对待自然始终保持着敬畏心的原因之一。

[松针茶]

到野外采集三米高以上松树的松针，用软布蘸可去油腻的洗涤剂，包起松针仔细清洗。将洗净的松针切（剪）成三段，放入热水瓶里，冲入开水，焖泡半小时即可饮用。

大寒

大寒，为二十四节气之末。过了大寒，将迎来新一年的节气轮回，也意味着又一个生机勃勃的春天即将到来。

大寒时节，风雪连夜游子归，一家围坐团圆饭。打尾牙，祭灶神，除旧布新。总把新桃换旧符，爆竹声中一岁除，展望来年。

唐代黄檗禅师诗云：「不经一番寒彻骨，那得梅花扑鼻香。」中国人认为严寒可以孕育更加刚毅坚强的灵魂。大寒时节最胜意的事，便是于山寺中、于山林中探访梅花的花信，探得了梅开的消息，也就是探到了春天的消息。「江南无所有，聊赠一枝春。」中国人赏梅的境界在于一个「探」字，意趣就在于此了。

灵
峰
探
梅

梅花盛开时节，我和友人来青芝坞灵峰探梅。

灵峰山下青芝坞，后晋开运年间建有灵峰寺。后山寺败落，众僧飘散。清嘉庆年间重修，僧人们在寺庙四周种下了一百多株梅花。到了宣统元年，雅士周梦坡又在此地种下了梅花三百株，令青芝坞灵峰梅花蔚然成海，成为赏梅佳境，人们称之为"灵峰探梅"。民国后寺毁梅颓，那清代灵峰寺僧人种下的老蜡梅树，倒是尚存七丛，排列恰似北斗七星状，人称"七星古梅"。

走上草木微翠的山路，忽见一片开阔地，方圆几亩皆是梅林花海，盛开宛若绯色云霞。这里便是品梅苑了，是为建国后种植的梅花林。品梅苑里设有赞梅轩、香雪亭等亭廊建筑，亭檐飞翘在一片梅海中，如梦似幻。梅的品种有江梅，有宫粉，白的胜雪，红的似霞，墙里墙外，游人如织，忙煞看花人。

倘若以梅的性格来论，品梅苑的梅也许是"入世"的那一群，成林结片地喧闹地开着，也习惯了接受世人争相赏看的热闹。

但说起灵峰探梅的"探"字，这里恐怕是论不上了。

沿着山路继续前行，有渐入佳境之势，山体越发陡峭，山树也越发粗壮高大，山峰与山树，都需要仰着头去看，不知不觉便走入了一片青山环抱、树木葱郁的幽谷中去了。大口呼吸，便可嗅到属于古木参天的山场的森郁气息，冲洗着眼睛与肺，令人周身舒爽清凉。目光扫视整座山谷，

○掬月亭

　　在山麓中的古木与竹林前，间或可见一树白梅花，一树红梅花，独自在山谷中寂静开着。它们不属于如今这个赏梅胜地任何一个景观，但它们却最融入得了这个自然，如同隐居幽谷中的隐士，不想被打扰，却也偶尔被有心人的目光所企及。你此时心里生起对它的赞美，那么它也算遇到知己了。而我，便觉得这些静寂地开在山谷间的野梅花，才是灵峰探梅行迹中最难得一见的有趣致的风景。

　　闻听得潺潺水声，细辨，有水流成瀑潺潺流下。走过石桥，向着水源来处的高山攀爬，爬到一处山间的平坦高地，古樟树下的门上正写着四个字："灵峰探梅"。那七棵古蜡梅，便是在门内的园子深处。绕过笼月楼，闻得暗香浮动。眼前逐渐开阔，但见园子里梅花参差交错地开着。迎面的凉亭上红底金字的牌匾，镌刻着"掬月亭"三个字。令人想起林和靖那句"暗香浮动月黄昏"。

　　掬月亭左侧的山前，远见一大片湘黄色的云霞，和园子里的梅花竞相争妍——这便是清朝时灵峰寺的僧人种下的七星古梅了。凑近细看，七丛古蜡梅，排列成近似北斗七星的形状。品种较古朴，有些是素心，有些带一点红丝，介于蜡梅的素心和檀心之间。古蜡梅不同于古梅花，单

○灵峰探梅

看枝条和花，并没有觉得有多少古朴沧桑感，那岁月的痕迹都在老桩里。蜡梅的枝干会枯死，但只要留得根部在，就会生发出新的枝条来，植物学上把这叫作"分本"，眼前的七星蜡梅就是如此，一棵树桩分出七八枝、十几枝树干，自成梅林意态。

"人间四月芳菲尽，山寺桃花始盛开"，立春时节，江南山下的蜡梅早就凋零了，可灵峰上的古蜡梅却好像隐居山间的雅士，消息闭塞得很，还在热情而富有张力地开着。据说每年几乎比山下的蜡梅晚开一个月左右。梅花、蜡梅同时开放，这若在别处极难得见，被人称作"二梅争艳"。

七丛古蜡梅，已经彼此相伴一百多年了。年年岁岁，花开花落，就这样以自己小群体的秩序依照四时规律生长着。让我想想：倘若品梅苑的梅是"入世"的，是喜欢热闹的仕人，倘若灵峰山谷间偶见的独自盛开的梅是"出世"的，是远离喧嚣、独自深山修行的隐士，是林和靖，那么七星古梅则是游离于"出世"和"入世"之间，找到了知己，乐得纵情山水、逍遥天地、喝酒纵歌、肆意酣畅的名士们，是"竹林七贤"。

一场"灵峰探梅"，探得了三种不同性情与境界的梅花。不知自己更中意哪一种梅花的境界？看文章的你，又更中意哪一种境界呢？

[白梅花茶]

　　白梅花五克单独冲泡，或加入五克乌龙茶共同冲饮，可品梅花清苦寒香，亦有助调理肝胃气机郁滞。

国清寺探梅

第一次拜访天台山国清寺，是 2006 年的深秋，错过了隋梅的花期。从此我心里一直惦记着，要在那株老隋梅满树繁花的季节故地重游。今年新历年一过，人浮于事，心也不免有点浮躁，想到深山古刹中清修一段日子的念头又生起来，于是想不如在旧历年前的空当赴这场千年隋梅之约。

傍晚带着儿子小布丁抵达国清寺时，游人已随着暮色渐渐散去，林荫路外的田野，七佛塔，隋塔，丰干桥，斑驳的藤黄土墙……一切一如往昔。

待寺里师父帮忙安排好寺庙里的住宿，我便迫不及待带着小布丁爬上山坡上的长廊，穿过迎塔楼，站在长廊尽头向前望去，梅亭四周的梅花果然已经如云蒸霞蔚一般开成一片了。墙角边那棵向天空散开着雪沫一般的白梅花的，便是老隋梅了。大多还是饱胀着的花蕾，只有三分之一的花蕾已按捺不住，像破茧而出的蝴蝶，张开了洁白的花瓣。近处，映着大雄宝殿屋檐的，是后人栽种的朱砂梅，已经满开，犹如绯红色的烟霞。

晚上安顿好小布丁的晚餐，我独自在寺庙昏黄灯火中走到藏经阁参加放蒙山的晚课，晚课结束后，又去梅园站了一会儿。夜幕四垂，不见梅形，只嗅得梅香。当周遭一切的色彩与声音褪去，那香气显得格外清幽宁静。

第二天凌晨三点半，我爬起来洗漱好去大雄宝殿参加早课，五点半早课结束回到房间，小布丁还在酣睡，于是又独自在清晨薄雾中到访大雄宝殿隔壁的梅园。穿堂走巷间，在梅园墙外的老隋梅花树下遇见了一位身材高大的小师父。我想起友人半个月后会组织国清寺探梅游学，托我打听梅花花期的消息，便合十行礼，问师父这梅花会不会开到半个月后去。师父答，许是今年遇到了暖冬，他在国清寺许多年了，这是头一年，梅花早开了二十多天，往年几乎是大年初七开花，如今年前十来天就一茬一茬开起来了。约莫过个十来天，下几场雨，梅花也就谢了。我心里纳罕，这回本是自己任性心急，早早跑了来，却也亏得梅花也是急性子，和我一道开得早，这么一来，我算是难得"有清福对梅花"之人了。

走进月门，向右看，终于和这棵老隋梅以如此近的距离相对。但见这棵千年老隋梅斜倚墙头，古干虬枝，树干上覆着青苔，向天延展满树雪白的梅花骨朵儿与花瓣。梅树旁的墙面上，镶嵌着民国二十年陈钟祺的《隋梅》碑记。

万物皆有灵，何况这已经历千年风霜的古梅花呢。草木看似娇弱，其实可以更柔韧的生命力屹立千年不摧。南朝时代，智者大师游历到天台山，在石桥遇见老僧定光，定光告诉智者大师，山下有太子基，可造寺院，"寺若成，国则清"。后来弟子们根据智者大师所绘图纸和遗愿建造起了天台寺，隋炀帝取谶语寓意，改名为"国清寺"，以祈求国家清平，天下太平。这棵古梅，传说便是建造寺庙时智者大师的弟子灌顶法师亲手栽种的。

1968年，"十年浩劫"的浊流席卷国清寺，千年古刹遭受灭顶之灾，隋梅也在劫难逃，枯木萎顿，濒临死亡。四年后的1972年，周总理开始关注千年古刹国清寺的保护。老隋梅有灵，仿佛依然背负了国清寺开寺之初"寺若成，国则清"的谶语，感知了国运的复兴，当年离墙头三十公分的次干枝干上竟奇迹般地生出许多气根，丝丝缕缕垂挂下来。一年后，次干上首次重新绽开了几朵梅花，到1975年寺院修复竣工时，已是满树繁花，并重新结梅子了。而那棵主干则渐渐霉朽。"十年浩劫"结束后，

○国清寺探梅

隋梅也开得越来越繁茂了。

千年沧桑变幻，古刹几经兴废，如今的国清寺建筑主体应是以清代雍正帝修复的建筑群体为主，当年的隋代古刹除了古隋塔，其余早已淹没在历史的泥土里了，定光老和尚、智者大师、灌顶法师、隋炀帝、雍正帝和历代僧人帝王也尽皆归为尘土，只有这棵老隋梅，依然每年从山林道场气息与泥土阳光中积蓄能量，在深山古刹立春前后开出一树繁花，结出一树梅果，国运盛衰，默默无语。

清晨的梅亭空无一人，游客还没有潮水般涌来，我有幸得以孑然一人对着这棵老隋梅，彼此静穆沉默，满怀不胜感激，为不远千里终于得见这一树花开。

国清寺山门前的溪水，在雨季，会因为下游山头雨水的奔涌而下，产生"逆流倒灌"现象。涧水可以顺流逆流，而时间却不会逆转方向。距第一次来国清寺见到老隋梅至今已十二年，十二年对于老隋梅也许只是弹指之间，对于我却是一时无法轻易消化的时光，用董桥先生《立春前后》中的一句话说，十二年前的自己，是"磕磕绊绊"，"真像做了一场梦"。一位友人说，每次来国清寺心就像回家一样，我何尝不是如此呢？正是十二年前那一次到访所结的善缘，为自己种下了亲近佛学的福慧种子。这次再来国清寺，有些"物是人非"的况味。当年为我们讲法并随缘赠我一尊观音铜像的永超法师，在月夜唐樟下谈论佛法的两位在万年寺学佛的小师父，随缘赠我绿檀手串的师父，大雄宝殿里把"定能生慧"的道理讲给我听的扫地僧，都已先后离开了国清寺。站在老隋梅面前，我欣然感恩接纳一切所遇。

我在心里说：谢谢。我在心里说：你要继续好好的，我还会来看你。

不知老隋梅怎样看我？她的生命比我漫长了太多，大概就像天上的神仙看人间，就像我们看蝼蚁，而我只是在我短暂有限生命中的十二年间，与她有过两次交汇。如果能够与梅树交流，我好想问问她一千四百年间感知的世事变幻，我好想感知她的喜怒哀乐，感知她所见到的一切，就好像昨日在迎塔楼前闭着眼睛抱住老唐樟一样，有一瞬间我仿佛看到千年的时间吉光片羽地飞速掠过，如鸟儿扑棱着翅膀飞去。

老隋梅对面，梅园正当中是一座四角凉亭，几株后人栽种的朱砂梅合而抱之，浸润在红粉花海之中。

梅亭匾额上的"梅亭"二字，为郭沫若所题。这一亭伫立园中的格局，也是七十年代重修寺庙后改建的。登上梅亭后的石阶，回头望，梅霞粲粲，古塔寂寂，晨钟杳杳。

小布丁起床后，我又带着小布丁来看隋梅，这是他刚刚开启的人生长卷中第一次与隋梅相会呢。我想还会有第二次，他也许会一直记得初见这一树花开的这一天。

我也会再来。

附记

这次重访国清寺。听说已九十多岁高龄的可明方丈依然健在时，甚感欢欣。可就在前几天，得知老方丈刚刚圆寂了。依稀记得十二年前一个黄昏，我穿过方丈室前的庭院时，见到可明方丈在室内氤氲的灯火下打坐的安详宁和的样貌；每每记起当年老方丈秉持佛法普度众生的正念，内心悲恸不已。我是腊月二十五日抵达国清寺的，可明方丈则是在正月十五辰时于国清丈室圆寂，前后二十天时间。未承想那梅树下的小师父说的老隋梅今年意外提前绽放，以及我的提前成行，倒像是来为老方丈送行了。

愿可明方丈往生极乐，早登佛国。